PETIT RECUEIL

DE

PHYSIQUE

ET

DE MORALE,

A L'USAGE

DES DAMES.

CONTENANT

LE NOUVEAU PRÉSENT DE NOCE.
LE POUR ET LE CONTRE DE LA VIE HUMAINE.

Par M. M***

A AMSTERDAM;

Et se vend, à PARIS,

Chez M U S I E R fils, Libraire, Quai des Augustins,
au coin de la rue Pavée.

M. DCC. LXXI.

AVIS UTILE.

La raison éclairée a peine à concevoir
Qu'on veuille tout apprendre, hors ce qu'on doit savoir.

LES jeunes personnes les mieux élevées
sortent du couvent ou de la maison pater-
nelle pour être mariées ; on s'est bien
donné de garde, dans leur instruction,
de leur rien apprendre de ce qui peut
les éclairer sur l'état de femme enceinte,
& de mere, auquel elles se destinent par
le mariage ; elles arrivent à ce moment
dans la plus parfaite ignorance des choses
les plus simples, & cependant les plus
importantes du parti qu'elles embrassent.
Si elles s'instruisent par la suite, c'est pres-
que toujours à leurs dépens, & à ceux
des individus qui doivent naître d'elles.

Il résulte, de cette ignorance, que ces
eunes personnes s'exposent journellement
pendant leur grossesse, à des imprudences
pernicieuses à leur conservation & à celle

A ij

de leur fruit, dans lequel, cependant, elles mettent leurs plus flatteufes efpérances.

Il en réfulte encore, quand elles font accouchées, que n'étant point inftruites des nouveaux dangers auxquels une mere qui ne nourrit pas fon enfant eft expo-fée avec lui, elles ne connoiffent que l'ufage de livrer cet enfant à une nour-rice étrangere ; elles n'ont pas même, par inftinct, le doute de l'option, & elles fuivent aveuglement une mode cruelle, faute de pouvoir prendre un parti, qui foit le réfultat d'une volonté éclairée.

Que de jeunes femmes enceintes fe cau-fent les plus grands accidens, pour igno-rer, dans leur fituation, les loix les plus communes, & les plus certaines de la nature, & tombent dans des négligences mortelles & deftructives pour la popu-lation en général !

Que de jeunes meres fe détermineroient à nourrir leurs enfans, fi elles avoient quelques notions des raifons naturelles & phyfiques, fi faites pour les y déter-miner !

Combien en voit-on, qui, victimes de la mode, en ne nourriffant pas, au-roient droit de reprocher à leurs parens

de ne les avoir pas éclairées fur les dangers
de contrarier la nature ?

Une jeune perfonne n'a pas befoin ,
fans doute , d'en fçavoir autant qu'un
Accoucheur & qu'un Médecin , pour
avoir des enfans. En vain voudroit-on
l'engager de s'inftruire dans les livres de
l'art ; cette lecture eft trop féche & trop
férieufe pour elle. Cependant une jeune
mariée a befoin d'en fçavoir affez pour
ne point fe tromper fur fon état , fur fa
conduite journaliere dans les chofes les
plus communes ; elle feroit au moins à
l'abri d'être trop aifément trompée par
les perfonnes de l'art même , qui y au-
roient intérêt , ou qui ne feroient pas
affez initiées dans les fecrets de la nature.
Quelques lumieres acquifes dans ce genre,
diffiperoient dans l'efprit des nouvelles
mariées , les plus épais nuages qui entourent leur exiftence phyfique ; & pour
peu que les qualités morales de l'humanité , & de la tendreffe maternelle vinffent
à leur fecours, ces jeunes femmes fe trou-
veroient plus difpofées à être de vraies
meres, en fervant tout à la fois leur devoir & leur fanté.

C'eft dans ce point de vue qu'on s'eft

A iij

déterminé à donner l'extrait inftructif qui
fuit , tiré des auteurs les plus éclairés &
les plus connus fur cette matiere , & réduit en forme de converfations, qu'on a
rendu intéreffantes le plus qu'il a été
poffible.

Ne feroit-ce pas rendre fervice à la
nature & à la population , dans la perfonne de chaque nouvelle mariée , que
d'introduire la mode de faire mettre un
exemplaire de cet ouvrage dans la corbeille que le futur envoie à la prétendue ?
Ce préfent , le moins cher de tous , pourroit devenir quelques jours à l'un & à
l'autre le plus agréable , le plus utile, &
leur épargner peut-être dans l'avenir bien
des douleurs & des regrets.

Pour plus grande clarté , on n'a pas
pu fe difpenfer dans cet extrait , d'employer quelques mots de l'art , les plus
néceffaires à fçavoir ; mais ils font en
très-petit nombre , & l'on en donne la
définition à proportion qu'ils fe préfentent.

LE NOUVEAU PRÉSENT DE NOCE.

CONVERSATIONS
INSTRUCTIVES

Entre une Mere & fa Fille nouvellement mariée,

A l'ufage des jeunes femmes enceintes, & des meres qui veulent nourrir leurs enfans.

PREMIERE CONVERSATION.

LA MERE.

ENFIN, ma fille, te voilà donc mariée, à mon grand contentement, & fans doute au tien ; mon choix t'a plu & tu as trouvé dans ton mari toutes les qualités que tu pouvois y defirer.

 Premiere époque du mariage jufqu'à la groffeffe avancée.

A iv

La Fille.

Oui, ma mere, que de graces j'ai à vous rendre de m'avoir éclairée dans ce choix, en me préfervant, & me prévenir pour quelque objet qui peut-être n'en auroit pas été digne.

La Mere.

Du côté du moral, l'éducation que je t'ai donnée te met en état d'être heureufe avec ton mari, en faifant fon bonheur.

La Fille.

Ah! ma mere, c'eft toute mon ambition.

La Mere.

Cela eft fort bien : mais la qualité de femme qui va te mener naturellement à celle de mere, exige de toi que tu étendes ton ambition juf-qu'à remplir dignement cet état.

La Fille.

Vous m'avez nourrie vous-même, vous m'avez élevée, vous ne m'avez jamais perdue de vue ; à votre exemple, ne doutez pas que je ne faffe pour mes enfans, tout ce que votre ten-dreffe maternelle a fait pour moi.

La Mere.

J'y compte, ma fille ; oui, je t'ai donné d'aſſez bons exemples & d'aſſez ſages principes de vertus morales, pour eſpérer que tu ſeras auſſi bonne mere, que raiſonnable épouſe ; mais il y a des objets ſur leſquels, juſqu'à préſent, je n'ai pu te donner aucunes inſtructions ; je te les ai réſervées pour ce moment-ci, elles regardent ton phyſique, relativement aux deux qualités de femme & de mere qui fixent ton exiſtence. Ce n'eſt pas aſſez maintenant que tu ſois éclairée ſur la conduite morale que tu dois obſerver, il eſt bon que tu acquiers quelques lumieres ſur les moyens de ne point compromettre par ignorance ta ſanté, ta conſervation, & celle des êtres à qui tu pourras donner la vie.

La Fille.

C'eſt auſſi, ma mere, ſur quoi je deſirerois d'être un peu inſtruite.

La Mere.

Quand j'entrepris de te ſervir de nourrice, je fis une étude particuliere de l'état d'une femme enceinte, des différentes époques de

cet état, des dangers qui le menacent, trop
fouvent multipliés, par l'étourderie, & l'ignorance des jeunes femmes ; je joignis à cette
étude ce qu'il faut néceffairement fçavoir,
quand, en vraie mere, on fe réfout de nourrir
fes enfans. Je fuis donc affez inftruite pour t'apprendre fur ces deux états par où tu vas paffer,
les chofes les plus indifpenfables à fçavoir.

La Fille.

Eh bien ! ma mere, il ne tient qu'à vous de
me communiquer vos lumieres, j'aurai, je vous
affure, la plus grande attention à les faifir & à
en faire mon profit.

La Mere.

S'il eft ainfi, commençons donc par les premiers principes, pour ne rien confondre ; beaucoup de femmes, par exemple, font affez igno-
rantes pour ne fçavoir pas diftinguer la conception d'avec la groffeffe.

La Fille.

Je le crois, & vous pouvez hardiment me
mettre du nombre.

La Mere.

De la con-   La conception eft l'action par laquelle un
ception.

enfant eſt conçu ou formé dans le ventre de ſa mere : elle prend le caractere de groſſeſſe dès que ce qui eſt engendré, prend accroiſſement dans quelque partie que ce ſoit, qui puiſſe le contenir.

LA FILLE.

Comment ! dans quelque partie que ce ſoit. Eſt-ce qu'il y a pluſieurs parties dans la femme qui ſervent à contenir l'enfant ?

LA MERE.

Oui ; mais je ne te parlerai que de celle qui eſt ſelon le vœu de la nature, pour éviter ici des écarts anatomiques qui nous meneroient trop loin. La matrice eſt la ſeule partie des femelles des animaux, où ſe fait communément la conception & la nourriture du fœtus ou des petits, juſqu'à leur naiſſance.

LA FILLE.

Mais d'où viennent ces petits ? Car ils ne ſe trouvent pas tout formés, & prêts à croître dans le ventre de la mere.

LA MERE.

Le ſentiment ſur la génération des animaux par le moyen des œufs, eſt le plus certain par

Des œufs.

un nombre de découvertes anatomiques , & par autant d'expériences & d'obfervations.

La Fille.

Des œufs ! Quoi ? comme des poules nous avons des œufs ?

La Mere.

Oui , vraiment ; & pour les faire venir à bien , quand ils font convertis en êtres animés , la mere devroit les couver comme les poules , c'eft-à-dire , les garder auprès d'elle , les nourrir & leur donner tous fes foins ; mais c'eft une loi de la nature qui malheureufement n'eft plus à la mode.

La Fille.

Cela n'en eft pas mieux. Mais par quelle vertu ces œufs s'animent-ils & deviennent-ils des enfans ?

La Mere.

Leur fécondation.

Les œufs de la femme , doivent être nécef-fairement fécondés par la femence de l'homme ; ce n'eft que par elle qu'ils acquierent une vertu d'exiftence & d'accroiffement , qu'on appelle prolifique.

La Fille.

J'entens, le détail de cet accroiſſement qui fait, d'un œuf, un enfant, doit être bien curieux ?

La Mere.

Veux-tu le ſçavoir ?

La Fille.

Volontiers.

La Mere.

L'œuf, lorſqu'il eſt fécondé, ſe gonfle, ſe développe, s'étend en tous ſens, & environ quarante-huit heures après, ſon pédicule ou ſa queue ſe détache de l'ovaire ſans déchirure, comme les feuilles des arbres ſe détachent à l'entrée de l'hiver.

Le troiſiéme ou quatriéme jour, l'œuf eſt totalement détaché & conduit inſenſiblement dans la matrice ; c'eſt alors qu'une femme eſt enceinte : l'orifice ou l'entrée de la matrice ſe reſſerre ſi étroitement, qu'on ne pourroit y introduire une ſoie ; ce ſentiment eſt généralement adopté.

L'œuf conduit dans la matrice.

Trois ou quatre jours après que l'œuf eſt parvenu dans la cavité de la matrice, il eſt de la groffeur d'une groffe cerife noire.

L'œuf devenu embrion ou fœtus.

Le fixieme jour, cet œuf devient un embrion ou fœtus, où l'on ne diftingue que quelques fibres blanches & groffieres.

Le quinzieme jour, on commence à mieux diftinguer la tête, & à reconnoître les traits les plus apparens du vifage, & les premieres ébauches de tous les membres.

A trois femaines, le fœtus eft compofé de cartilages, les principes des os y font comme tracés ; on y diftingue la tête comme une menbrane enflée par les vents ; les bras, les mains font figurés ; on y découvre auffi les côtes qui doivent fe former, le cœur, le poumon, & différentes parties du ventre inférieur.

A un mois, le fœtus a plus de longueur, la figure humaine eft décidée, le corps eft deffiné, les membres font formés.

A fix femaines, le fœtus a grandi, la figure humaine commence à fe perfectionner.

Enfin, tous les quinze jours, les progrès de l'accroiffement du fœtus font fenfibles & confidérables jufqu'à neuf mois ; cependant ils le font un peu moins dans les derniers mois.

La Fille.

Ah ! me voilà bien au fait de l'accroiſſement du fœtus dans la matrice : mais ne m'avez-vous pas dit que quand le fœtus y eſt deſcendu, elle ſe referme ſi bien, qu'on ne pourroit pas y faire entrer une ſoie ?

La Mere.

Oui, cela eſt certain.

La Fille.

En ce cas, ſon accroiſſement me paroît miraculeux ; car le fœtus enfermé dans cette matrice comme dans une poche ronde, de quoi peut-il ſe nourrir ?

Nourriture de l'enfant.

La Mere.

Pour te donner des idées claires des moyens que la nature emploie pour fournir la nourriture de l'enfant, il faut que je t'apprenne abſolument ce que c'eſt que le placenta, & ſa communication avec l'enfant par le cordon ombilical.

La Fille.

Voyons, cela doit être curieux.

La Mere.

Le placenta,
ce que c'est.

Le placenta eft une maffe molle & rougeâtre en forme de gâteau, qui tient le milieu dans la matrice entre cette partie & le fœtus; il foutient celui-ci comme un couffinet, de façon qu'il ne la gêne pas, ni fes ligamens.

La Fille.

Comme la nature prévoit tout !

La Mere.

C'eft par le moyen de ce placenta, que le fuc lymphatique & laiteux de la mere, parvient au cordon ombilical, dès qu'il y eft joint pour fournir une partie de la nourriture de l'enfant, & c'eft ce placenta qui, après les couches, prend le nom commun *d'arriere-faix* ou de *délivre*.

La Fille.

Mais pour cela, il faut donc que ce cordon ombilical forte comme une efpece de tuyau de pompe qui rend dans la bouche de l'enfant ?

La Mere.

Le cordon
ombilical, ce
que c'eft.

Point du tout, le cordon ombilical part du nombril de l'enfant, immédiatement lorfqu'il

eft

eſt encore dans la matrice ; il eſt compoſé
d'une veine & de deux arteres, enveloppé
d'une membrane épaiſſe , il a environ la longueur d'une aune, de l'épaiſſeur d'un doigt :
après quelques replis autour de l'enfant, il
aboutit au placenta , auquel il s'eſt joint par
ſes vaiſſeaux & par ſes membranes.

La Fille.

Ah ! j'entens , & c'eſt par la circulation du
ſang de la mere qui ſe communique à l'enfant
au moyen de ce cordon , que cet enfant prend
ſa nourriture.

La Mere.

Il n'en prend qu'une partie par cette voie ;
outre cela, le fœtus a dans ſon quatriéme
mois, la bouche formée & béante , de même
que les poulets ont le bec ouvert dans leurs
œufs : le ſuc de l'amnios , membrane qui enveloppe immédiatement tout le fœtus , pénetre
dans ſa bouche , coule dans ſon eſtomac, de la
même façon que la ſubſtance de l'œuf pénetre
dans le bec du poulet.

Nourriture de l'enfant.

L'amnios ; ce que c'eſt.

La Fille.

Quelle méchanique admirable ! Allons, me
voilà bien au fait de la nourriture de l'enfant
& de ſon accroiſſement : venons maintenant
à ce qui m'inquiettera le plus pour mon compte ;

B

c'eſt de ſçavoir quand je ſerai enceinte, ou plûtot quand j'aurai conçu.

L A   M E R E.

Les ſignes de la groſſeſſe ſont ordinairement plus certains que ceux de la conception.

Signes de la conception

Dès l'inſtant qu'une femme a conçu, il lui prend un léger frémiſſement, & de petits mouvemens convulſifs dans tout le corps & dans toutes ſes parties. Le dixiéme jour de la conception, elle reſſent des douleurs & des peſanteurs dans la tête ; la vue ſe trouble, elle éprouve de légers vertiges, des dégoûts & des envies de vomir.

L A   F I L L E.

Fort bien, mais vous ne me parlez point de la ceſſation des régles ; je croyois que c'étoit la plus ſûre preuve de groſſeſſe.

L A   M E R E.

C'en eſt une ; mais comme je ne te parlois que des ſymptomes de la conception, je n'ai pas voulu les confondre avec ceux de la groſſeſſe.

L A   F I L L E.

J'ai tort, c'eſt moi qui va trop vîte.

L A   M E R E.

Nous y voilà à cette groſſeſſe.

Si les régles ceſſent à des femmes qui étoient Signes de groſſeſſe. bien réglées, ſans qu'il leur ſurvienne des fiévres, des douleurs aux reins, des peſanteurs dans le corps, des laſſitudes dans les membres, ou d'autres incommodités ordinaires à la ſuite de cette ſuppreſſion, lorſqu'elle eſt contre nature, on doit préſumer qu'elles ſont enceintes: mais il eſt bon que tu ſçaches que la ceſſation des régles n'a pas lieu dans toutes les femmes enceintes; il y en a qui continuent d'être réglées dans les premiers mois, & d'autres juſqu'à la fin de la groſſeſſe.

Enfin, c'eſt le mouvement de l'enfant qui Signe le plus ſûr de groſſeſſe. eſt le ſigne le plus certain de la groſſeſſe.

La Fille.

Mais une femme groſſe, outre la ceſſation de ſes régles, n'eſſuye-t-elle pas de mois en mois bien des variations qui lui cauſent différentes incommodités; je ſerois bien aiſe de les ſçavoir, pour m'y attendre & en être moins inquiette?

La Mere.

Tu as raiſon, auſſi je vais te les détailler.

Dès le ſecond mois de la groſſeſſe, il ſur- Variations pendant la groſſeſſe. vient ordinairement des crachemens fréquens, des dégoûts, des appétits bizarres & déréglés, des envies de vomir & des vomiſſemens.

B ij

Dans le troifiéme mois, tous ces fymptomes fe foutiennent, & fouvent ils augmentent ; les feins commencent à fe gorger , ils font un peu douleureux dans le quatriéme mois : l'enfant par foibleffe ne fait pas des mouvemens

Moyen de faire remuer l'enfant. fenfibles , on l'y détermine en appliquant des linges imbibés d'eau froide fur la partie du ventre la plus élevée & la plus dure ; l'enfant fait des mouvemens pour éviter le froid , une mere attentive les diftingue aifément en réitérant cette expérience , s'il le faut.

LA FILLE.

Oh ! cela eft bon à fçavoir ; car jufqu'à ce que je fente remuer mon enfant , je crois que je douterai toujours que ma groffeffe foit d'une bonne nature ; il y a tant de groffeffes équivoques ! Si cela ne vous fatigue pas , maman , apprenez-moi d'où elles peuvent encore provenir ; enfin , ce que c'eft que les fauffes groffeffes.

LA MERE.

Je n'aurois eu garde d'oublier de t'en parler ; car c'eft pour les éviter , qu'une jeune femme doit particuliérement fe préferver de contrarier la nature , ou de la détruire , par une conduite déraifonnable , & peu relative à fon état.

L A F I L L E.

C'eft auffi à quoi j'aurai attention, je vous affure ; cette nature eft fi ingénieufe dans fes opérations, fi admirable dans le fruit qui réfulte de celles dont nous parlons, qu'elle mérite bien, loin de la contredire, que nous la fecondions de notre mieux.

L A M E R E.

Les femmes débiles & délicates ont les fibres foibles & irritables, leurs fluides font trop divifés, leurs fonctions font lentes, & celles des valétudinaires font imparfaites, & fouvent viciées ; alors elles forment, au lieu d'embrion, des moles, des faux germes, ou des fœtus mal conditionnés.

Fauffes groffeffes leurs caufes.

L A F I L L E.

Vous entendez donc par embrion, un fœtus bien formé, qu'on appelle enfuite un enfant.

Embrion, ce que c'eft.

L A M E R E.

Précifément, une mole n'eft qu'une maffe de chair informe, qui s'engendre dans la matrice des femmes à la place du fœtus ; elle eft ainfi nommée, parce qu'elle reffemble à une meule de moulin.

L A F I L L E.

Fort bien, revenons aux fauffes groffeffes, je es crois bien inquiettantes.

La Mère.

Mais elles font très-rares, quand une femme
fe comporte comme elle le doit : les plus communes ne proviennent que des effets d'un régime de vie irrégulier ou porté à l'excès, d'une
vie molle & fédentaire, de veilles exceffives,
d'alimens incendiaires, de boiffons échauffan-
tes, & d'autres abus quelconques.

La Fille.

Caufes des
fauffes cou-
ches.

En ce cas, combien les femmes de nos jours
s'expofent - elles à de pareils accidens, lorfqu'elles s'abandonnent, fans refpecter leur
état, à des danfes immodérées, à paffer des
nuits & à tant d'autres excès ?

La Mère.

Auffi en a-t-on vu, pour s'être trop agitées,
rejetter des embrions le feptiéme jour de leur
Embrions
rejettés. fécondation.

La Fille.

Quel défordre ! Mais fi elles ne rejettoient
pas les embrions, que deviendroient-ils ?

La Mere

Les uns périffent par la violence, d'autres
par la langueur, & compromettent la vie de la
mere.

La Fille.

Comment ! pour quelques heures de plaifir,

peut-on s'expofer à tant de maux? Au refte, c'eft fouvent l'ignorance de toutes les chofes que vous m'apprenez-là qui en eft la principale caufe; & moi toute la premiere, fans vos bonnes inftructions, je me ferois peut - être expofée à ces dangers: mais, comme des accidens qu'on ne peut pas prévoir, peuvent occafionner peut-être ces moles ou faux germes, n'y a-t-il pas quelqu'indice qui les fait diftinguer d'un enfant? Dans l'incertitude cela feroit bon à fçavoir.

La Mere.

Oui, ma fille, la nature a penfé à tout, à nous éclairer même fur nos défordres, pour que nous y puiffions remédier, pour peu qu'on l'étudie.

On diftingue dans le ventre, même avant le troifiéme mois, lorfqu'il y a une mole, un mouvement obfcur & tremblotant; fi on la comprime d'un côté, elle tombera de l'autre, & après la compreffion, elle revient dans le même endroit d'où elle avoit été chaffée; un enfant, au contraire, ne fort pas de fa place lorfqu'on le pouffe avec la main.

Moyen de diftinguer une mole d'avec un enfant

Ce qui occafionne encore les fauffes conceptions, qu'on peut appeller ici fauffes grof-

Caufes des fauffes groffeffes.

feffes, c'eft l'imprudence de marier les filles
trop jeunes, & de les expofer à concevoir avant
qu'elles foient formées elles-mêmes ; & avant
qu'elles aient acquis toute leur croiffance, la
nature occupée encore à perfectionner leurs
organes, peut-elle donner au germe de l'embrion, les qualités néceffaires pour être parfaitement fécondé ?

La Fille.

Ah ! ah ! c'eft donc pour cette raifon, ma
chere maman, que vous n'avez pas confenti à
me marier il y a trois ans, quand mon papa
l'a voulu ?

La Mere.

Oui, ma chere amie, tu grandiffois encore, tu
n'avois que quinze ans ; je t'ai aimée affez pour
vouloir ne te marier que quand ton tempérament feroit tout-à-fait formé.

La Fille.

Ma mere, je vous en remercie ; cependant
la grande raifon de mon pere pour me marier
alors, étoit que vous lui aviez dit que j'étois
grande fille.

La Mere.

Je fçavois mieux que lui auffi, que c'eft un
préjugé trompeur de croire que les filles font
nubiles dès que leurs cours périodiques font

établis ; il y en auroit dans ce cas qui pourroient se marier dès l'âge de neuf ans. Le véritable âge du mariage pour une fille, indiqué par une époque naturelle qui ne peut jamais tromper, est celui où elle a pris toute sa
croissance, & où son tempérament est décidé.

La Fille.

Allons, je vous assure, si j'ai des filles, que
j'aurai pour elles la même attention, car elle
me paroît très-raisonnable.

La Mere.

Il feroit bien à souhaiter qu'on pensât de
même sur le tems convenable de marier les
garçons. . . . . . Mais bornons là notre conversa-
tion pour cette fois : si je t'en disois davantage, tu pourrois confondre les objets ; & pour
une premiere leçon, voilà peut-être trop de
choses que j'ai voulu t'apprendre.

La Fille.

Non, ma mere, j'y trouve tant d'intérêt &
j'y mets tant de curiosité, que je vous pro-
mets de n'en pas oublier un mot : d'ailleurs,
je repasserai toutes ces choses dans ma mémoire, plus d'une fois, je vous assure.

La Mere.

Tu feras bien.

SECONDE CONVERSATION.

La Mere & la Fille nouvellement mariée.

LA FILLE.

Secondeépo-
que de la
groſſeſſe
avancée juſ-
qu'à l'accou-
chement.

ALLONS, ma chere maman, voilà un moment favorable pour continuer notre converſation de l'autre jour ; vous ſçavez que vous avez encore bien des choſes à m'apprendre, & j'en ai la plus grande envie.

LA MERE.

Je vais continuer volontiers de t'inſtruire des choſes les plus néceſſaires à ſçavoir : mais comme elles regardent les inconvéniens & les maladies de la groſſeſſe, j'ai bien peur qu'elles ne t'intimident ; & à une femme mariée qui doit faire des enfans, il lui faut une certaine réſolution, une certaine fermeté, qui lui promettent tout le courage néceſſaire pour la tirer des différens événemens de ſa groſſeſſe & de ſon accouchement.

LA FILLE.

L'ignorance
ſource de ti-
midité.

Eh bien, ma mere, je ſens que plus je ſerai inſtruite, & plus j'aurai ce courage que vous me conſeillez. Rien ne rend ſi timide, je crois, que l'ignorance : n'eſt-ce pas elle qui fait que les femmes ont peur du tonnerre , faute de ſçavoir que ſes effets partent d'une cauſe naturelle ?

La Mere.

Je ſuis charmée que tu penſes ainſi ; mais ſois ſûre que les femmes naturellement ſaines , qui font un exercice convenable à leur état , qui travaillent , qui obſervent un régime de vie raiſonnable , & qui ne s'abandonnent pas au penchant où entraînent les paſſions , ne ſont point expoſées à tous les accidens qui arrivent par une conduite mal entendue.

Heureuſes groſſeſſes.

La Fille.

Ah ! vous voulez me ménager , je le vois , en n'attribuant tous ces accidens qu'à une mauvaiſe conduite ; vous craignez d'entrer dans le détail.

La Mere.

Dans notre premiere converſation je t'en ai dis aſſez ſur ce chapitre , en te parlant des différentes variations de la groſſeſſe.

La Fille.

Oui , je me les rappelle fort bien ; mais entre autres accidens que vous ne m'avez pas expliqués , il y en a un qui arrive fort communément aux femmes enceintes ; à ce que j'ai ouï dire, ce font les pertes : dites-m'en quelque chofe, je vous prie.

L A   M E R E.

C'étoit mon deffein, d'autant que c'eft l'accident le plus commun & le plus effrayant pour une jeune femme qui n'eft point inftruite.

Lorfque les femmes font délicates, pituiteufes, & lorfqu'elles ont les fibres lâches, elles font quelquefois réglées au commencement de leur groffeffe ; cette évacuation n'eft pas naturelle, elle fe fait aux dépens des forces de la mere, & de la nutrition de l'enfant ; on doit regarder cette évacuation comme une perte.

Si les écoulemens des femmes enceintes font de véritables régles, elles n'en fouffrent point d'incommodité ; fi, au contraire, on doit regarder ces écoulemens comme des pertes, ils ne laiffent entr'eux que des intervalles irréguliers ; le moindre mouvement les renouvelle.

Les pertes confidérables qui furviennent aux femmes groffes dans les différens tems de la groffeffe, proviennent fouvent de faux germes, de moles, ou de quelque accident arrivé au fœtus. Les premiers font des corps étrangers, que la nature s'empreffe toujours de rejetter. Dans fes tentatives, qui ont pour but l'exclufion de ces corps étrangers , il peut refter des petits vaiffeaux dans la matrice , qui ne fe ferment jamais parfaitement que lorfque la femme eft délivrée.

Lorfque par des chûtes , des efforts , des toux , ou de vives paffions de l'ame , le placenta fe détache dans les premiers tems de fon adhérence , fes racines font très-petites , l'hémorragie eft très-peu de chofe , quelquefois il n'y en a point ; enfin les pertes qui proviennent de cette caufe font plus ou moins abondantes , ou dangereufes , felon que la féparation du placenta eft confidérable , & que la groffeffe eft avancée.

L a F i l l e.

Me voilà bien inftruite de ce que c'eft qu'une perte , & de ce qui peut l'occafionner ; il en faut conclure qu'une femme enceinte ne peut être trop attentive à éviter les chûtes , & trop prudente dans fa conduite , en général... Paffons à autre chofe , que je me fuis promis de vous demander ; qu'eft-ce qu'il faut que j'entende quand on dit : *Madame une telle porte fon enfant haut , Madame une telle porte fon enfant bas ?*

L a M e r e.

Quand un enfant eft porté trop haut , c'eft

Des enfans portés haut ou bas.

parce que les ligamens larges de la matrice ne
font pas affez fouples pour fe prêter à un relâchement naturel & néceffaire ; ce qui eft plus
fréquent dans les premieres groffeffes que dans
les autres. Il eft des femmes qui portent leurs
enfans fi haut , qu'elles fe perfuadent de l'avoir
dans l'eftomac ; cela fait que dès qu'elles ont
mangé , marché , monté un efcalier , ou dès
qu'elles fe font agitées de toute autre façon ,
elles font tellement oppreffées qu'elles crai-
gnent d'étouffer.

Si , au contraire , le relâchement de la matrice dans les femmes groffes fait qu'elle def-
cend fur fon col , elle gêne alors les femmes
pour marcher , qui ne le peuvent même qu'en
écartant leurs jambes : enfin, elle occafionne les
mêmes accidens en tiraillant par la force de
fon poids , les mufcles , les membranes , les
ligamens des entrailles & des autres vifceres ,
que ceux qu'elle produit par la compreffion ,
lorfqu'elle eft portée trop haut : les digeftions
en font également dérangées , & toutes les
autres fonctions en fouffrent.

LA FILLE.

Me voilà fatisfaite fur les deux objets que
je m'étois propofé de vous rappeller dans votre
inftruction : mais ce que je viens d'apprendre

me conduit, malgré moi, à une trifte réflexion.

LA MERE.

Quelle eft-elle ?

LA FILLE.

Malgré les adouciffemens que vous mettez dans vos détails, ne trouvez-vous pas comme moi, que les fémelles des animaux dans l'ordre de la réproduction, font plus heureufes que nous ? Elles n'ont point d'incommodité ni de maladies dépendantes de la conception ; elles portent leur fruit fans fouffrance, & leurs fœtus ne naiffent pas dans la langueur.

LA MERE.

Ce font les prérogatives de leur continence & de la fobriété qu'elles obfervent réguliére-ment dans l'ordre indiqué par la nature.

LA FILLE.

Je le penfe comme vous ; les femmes groffes devroient-elles s'aveugler fur la difpofition de fes loix, fur leur fageffe & fur les avantages qu'elles procurent ? Je le vois, elles s'affujet-tiffent elles-mêmes à des inconvéniens par l'u-fage mal entendu qu'elles font des préfens mêmes de cette nature.

LA MERE.

Tu as raifon ; les fouffrances de la plûpart des femmes pendant leur groffeffe, & la débi-

Régime ou maniere de vivre des femmes enceintes.

lité de leurs enfans, devroient être pour elles un sujet d'attention sur leur maniere de vivre ; & c'est en t'apprenant quelques détails essentiels sur cette maniere de vivre , qu'il te sera plus doux & plus aisé de prévenir ces accidens , que d'y remédier si tu te les attirois.

L A F I L L E.

Je sens toute l'importance de cette leçon, & je tâcherai de n'en rien oublier , pour mon profit.

L A M E R E.

D'abord , les femmes enceintes doivent éviter d'avoir trop de froid & trop de chaud ; l'humidité aussi leur est nuisible : elles peuvent avoir recours pour modérer les feux qu'elles ressentent intérieurement, à des infusions de laitues , de coquelicot , à de légéres limonades , à des orgeats , aux syrops de violette, ou de limons : elles doivent consulter leur estomac dans l'usage de ces boissons.

L A F I L L E.

Ne dit-on pas que les femmes enceintes sont sujettes à des aigreurs ?

L A M E R E.

Oui , & pour les en guérir l'usage simple d'une eau légerement nitrée est très-convenable.

Il eſt à propos, pendant les grandes cha-leurs, de ſoutenir le ton des fibres, & de modérer le reſſort de l'air, en répandant du vinaigre dans l'appartement qu'habitent les femmes enceintes, & même de leur faire flai-rer des éponges imbibées de ce liquide.

Si l'air eſt trop froid, elles doivent avoir ſoin de ſe couvrir d'habits ſuffiſans, & de ne pas expoſer leur gorge nue aux impreſſions de cet élément. Quant à la nourriture, il n'eſt pas poſſible d'établir des régles conſtantes pour celle des femmes enceintes ; on la varie ſelon leurs forces & leur délicateſſe, ſelon leur uſage d'habitude, ſelon la différence de leurs tempé-ramens, la nature de leurs incommodités, & les différens tems de leur groſſeſſe, en obſer-vant pourtant de ne pas changer tout-à-coup leur façon de vivre dès qu'on s'apperçoit de leur groſſeſſe, ou dès qu'on la ſoupçonne.

Nourriture des femmes enceintes.

Il eſt cependant des alimens qui leur ſont toujours nuiſibles de leur nature ; tels que ceux qui ſont lourds, difficiles à digérer, les échauf-fans, les irritans, les apéritifs, les diuréti-ques, les venteux, les ſalés, les fumés, les épicés.

Les femmes robuſtes, habituées à l'exer-cice & au travail, & qui ſe nourriſſent ordi-

C

nairement d'alimens groſſiers , ne doivent pas
changer de nourritures dans leur groſſeſſe ,
ſi ce n'eſt par raiſon d'incommodités qui l'e-
xigent.

LA FILLE.

Les femmes enceintes ne ſont-elles pas ſu-
jettes à des dégoûts ?

LA MERE.

Oui ; mais quelques dégoûts qu'elles ayent ,
elles ne doivent pas faire une diette trop ſé-
vere.

Le dégoût , l'appétit dépravé , l'appétit dé-
ſordonné des femmes enceintes , produiſent
bien-tôt dans la maſſe des liqueurs des déſor-
dres qui affeċtent leur pureté , alterent leur
qualité , & en dérangent l'ordre & le concours.
Ç'eſt cependant de leur ſubſtance que le fœtus
doit ſe nourrir ; c'eſt elle qui doit opérer le
développement de ſes parties , & former ſon
tempérament.

LA FILLE.

Grande raiſon à une femme enceinte d'être
plus circonſpeċte ſur ſa nourriture que toutes
celles qui ſe livrent à leurs fantaiſies , pour ne
vivre que de drogues indigeſtes & nuiſibles.

LA MERE.

Quant à la boiſſon , les femmes groſſes ne

doivent boire qu'avec modération des liqueurs aqueufes ; les liqueurs fortes font des poifons pour les fœtus. Les liquides à la glace, de quelque efpece qu'elles foient, caufent des coliques violentes & des fauffes couches.

La Fille.

On dit qu'il faut que les femmes groffes prennent de l'exercice ; mais de quelle nature, & dans quel tems de la groffeffe ?

La Mere.

Leur exercice doit être très-modéré dans le premier tems de la groffeffe ; une fecouffe, une agitation même un peu forte fuffiroit pour expulfer le fœtus de la matrice.

Exercice.

Le cahotage des carroffes, l'agitation inféparable des danfes, les fauts qu'elles exigent, ne peuvent que précipiter l'expulfion des embrions, ou des fœtus, fatigués par ces excès, & termine par des écoulemens une poftérité fouvent très-defirée, & toujours néceffaire à la patrie.

La Fille.

Allons, voilà qui eft fini ; comme je veux devenir mere raifonnable, je ne danfe plus, & je ne prendrai un carroffe que quand je ne ferai plus dans l'âge de faire des enfans.

C ij

La Mere.

Je te le conseille.

La Fille.

Mais, maman, les femmes de campagne qui se donnent tant d'exercice, qui ont tant de peines & de fatigues, comment se tirent-elles si bien de leur grossesse ?

La Mere.

Les femmes élevées délicatement & dans la mollesse, ne sont pas aussi heureuses dans leur grossesse que celles de la campagne, parce que la vie frugale que ces dernieres menent, fortifie leurs visceres, soutient les ressorts de leurs fibres, & donnent à leurs liqueurs une densité, une épaisseur convenable pour les garantir des dérangemens intérieurs.

Mais prens bien garde, je dis que les femmes délicates, doivent observer un certain repos jusqu'à ce que le placenta se soutienne par ses racines, & le fœtus par ses propres forces ; mais ces précautions nécessaires n'exigent pas que les femmes enceintes observent un repos absolu, leurs fonctions en seroient dérangées ; il est nécessaire que pour les favoriser, elles fassent un exercice doux, égal, sans fatigue & sans agitation.

La Fille.

Tout cela me paroît très-raifonnable, & bien folle eft la femme qui eft inftruite & ne s'y conforme pas. Il me revient à l'efprit une queftion bien délicate à vous faire : je voudrois bien que vous la devinaffiez, car encore faut-il que j'en fçache quelque chofe, & je n'ofe.....

La Mere.

Eh bien, je crois l'avoir devinée ; n'eft-ce pas fur les libertés du mariage ?

La Fille.

Juftement.

La Mere.

Les libertés du mariage, trop fréquentes, produifent les mêmes accidens que ceux d'un exercice trop violent, principalement dans le premier tems de la groffeffe ; la paffion des femelles chez les animaux eft bornée par la conception, elles fe refufent conftamment à la répétition des moyens qui l'ont opéré ; mais les hommes ne fe bornent jamais, & un inftinct aveugle a plus d'empire fur les unes, que la raifon n'en a fur les autres.

Libertés du mariage.

La Fille.

Cela n'eft pas flatteur pour l'humanité ; mais auffi quand elle fe fert de cette raifon pour fe comporter fagement, elle en a bien plus de mérite ; & c'eft pour avoir à nous récompenfer de ce mérite, fans doute, que le Créateur nous a fait ainfi.

La Mere.

Cela eft très-bien penfé, ma fille, tu m'épargnes le foin de te le dire.

La Fille.

Vous m'avez inftruite affez fur la façon de vivre d'une femme enceinte, fur le dégré d'exercice qu'elle doit prendre ; dites-moi un peu quelque chofe fur la maniére dont elle doit s'habiller : peut-elle rifquer de porter un corps de baleine ?

La Mere.

Abus des corps de baleine.

Non abfolument, fi elle veut fe mettre à l'abri d'un nombre d'accidens de différente nature. Ces corps compriment durement la partie moyenne & inférieure de la poitrine, & toute la circonférence du bas-ventre au-deffus des hanches. Cette compreffion ôte aux femmes groffes la liberté de fe nourrir fuffifamment, ou les alimens qu'elles prennent, embarraffent & furchargent le ventricule, qui ne jouit pas de la liberté d'une action fuffifante pour les digérer ; Principes de beaucoup de maux dans tous les tems, fur-tout pendant la groffeffe. Te revient-il encore quelques queftions à me faire avant que je te parle de l'accouchement ; car je t'en ai affez dit, pour que tu puiffe jufque-là te conduire fagement ?

LA FILLE.

Non, ma mere, me voilà paffablement endoctrinée fur la conduite d'une femme groffe ; mais..... Attendez, vous ne m'avez pas parlé des tems où il convient de fe faire faigner pendant la groffeffe.

LA MERE.

Tu as raifon, cet article m'alloit échapper ; il eft pourtant bien important, & je fuis bienaife qu'il te foit venu à l'idée.

Les faignées de précaution font nuifibles dans tous les tems de la groffeffe, lorfqu'elles ne font point indiquées par la plethore fanguine ; c'eft-à-dire, par un replétion de fang.

Saignées pendant la groffeffe.

On doit donc faigner dans tous les tems de la groffeffe, lorfque la faignée eft indiquée & jamais lorfqu'elle ne l'eft point.

La faignée faite à propos, prévient des inflammations, des douleurs d'entrailles, des coliques, des hémorragies, des dyffenteries, des fiévres, & par conféquent des avortemens

C iv

inévitables, fi l'on ne les prévient pas par ce fecours.

L a F i l l e.

Ah! je ne laifferai pas paffer ce mot d'àvortement fans vous prier de me dire quelque chofe fur fon compte.

L a M e r e.

Avortement, ce que c'eft. L'avortement eft un accouchement avant terme d'un fœtus imparfait, foit mort ou en vie ; mais qui ne peut pas vivre.

On devroit borner le terme d'avortement à la fin du fixiéme mois ; on ne peut pas lui donner jufqu'alors le nom d'accouchement, parce que les enfans qui viennent au monde avant ce tems, ne vivent pas.

L a F i l l e.

J'entends, & jufqu'à ce terme, les avortemens doivent s'appeller fauffes couches.

L a M e r e.

Caufes des avortemens. Fort bien, les avortemens les plus ordinaires font occafionnés par des accidens, tels que des chûtes, des coups, de grandes furprifes, des fpafmes douloureux, des paffions de l'ame, & s'annoncent par des pefanteurs aux cuiffes, par des douleurs de reins; ils font précédés d'un écoulement d'un peu de fang vermeil ; il eft fuivi quelquefois d'un fuintement fanguinolent, qui dégenere en une perte confidérable, quelques momens avant l'avortement.

La Fille.

Je prendrai garde à l'avortement, mais au moins je fuis affez inftruite de fes avant-coureurs, pour en être moins effrayée fi cet accident m'arrive jamais.

Avant de finir cette converfation, dites-moi, je vous prie, ce que c'eft qu'un fquirre ?

La Mere.

Un fquirre eft une tumeur qui, quand elle croît dans la matrice, empêche le placenta d'établir avec elle des communications folides ; il ne fçauroit y former que des adhérences irrégulieres, & très-propres à être détruites par le moindre accident. Il y a des matrices fquirreufes, & ces tumeurs font capables d'ôter au fœtus la facilité de recevoir de fa mere un fuc nourricier néceffaire ; ce qui peut le faire périr. Pour parer à ces inconvéniens, il faudroit travailler à fondre ces tumeurs avant la groffeffe.

Squirres de la matrice.

La Fille.

Nous en voilà donc à l'accouchement.

La Mere.

Oui, ma chere amie, ce fera le fujet de la premiere converfation que nous aurons, en voilà bien affez pour celle-ci.

TROISIEME CONVERSATION.

La Mere & la Fille nouvellement mariée.

La Mere.

Troifiéme époque de l'accouchement, & des foins que l'enfant exige dans les premiers mois.

Nous allons, ma chere amie, dans cette converfation-ci, traiter le point le plus important de toutes les opérations de la nature; jufqu'ici tu as vu qu'elles ont été cachées dans les entrailles de la femme. C'eft au moment de l'accouchement que cette femme devient mere, un enfant objet de fes defirs vient en les accompliffant, la dédommager de fes peines & de fes douleurs.

Mauvaifes meres.

Mais combien de femmes, qui n'étant devenues meres que par l'attrait du plaifir des fens, n'ont fupporté qu'avec chagrin & malgré elles, pendant les neuf mois de leur groffeffe, ce fardeau refpectable de l'humanité, & qui prouvent le peu d'intérêt qu'elles y prennent en le profcrivant en quelque façon loin d'elles, & en s'en débarrassant ainsi, aussi-tôt que la nature leur confie les moyens d'en disposer·

Qu'il y a de meres qui ne sont que les organes de la volupté, & qui en se comparant seulement aux animaux les plus stupides & même les plus féroces, ont à rougir de leur indifférence envers leurs enfans, ou plutôt de leur inhumanité.

Quel contraste ces fausses meres ne font-elles pas avec une véritable mere, qui en respectant l'ordre & le vœu de la nature, redouble de tendresse maternelle à la vue d'un enfant qu'elle a porté dans son sein, qu'elle a formé, qu'elle a déjà nourri de son sang pendant neuf mois? Oui, le premier cri de l'enfant qui vient au monde, est la voix même de la nature qui commande à cette vraie mere de faire son devoir, en le nourrissant elle-même, & en lui donnant tous les soins qu'exige sa foiblesse. Qu'on ôte à cette mere cet objet de tendresse & de pitié, c'est l'exposer à perdre la vie.

Contraste des bonnes & mauvaises meres.

Comme la conduite d'une mere qui nourrit son enfant, est différente de celle qui ne le nourrit pas, j'ai été obligée avant de t'éclairer sur ce chapitre, de te présenter ce double tableau, afin que tu me dife très-férieufement & de bonne-foi laquelle de ces deux différentes meres j'ai à inftruire en toi. Nourriras-tu tes enfans toi-même, ou ne les nourriras-tu pas ?

La Fille.

Ah ! ma mere, je vous l'ai déjà dit, mon choix n'eft pas douteux, je ferai une vraie mere, je nourrirai mes enfans moi-même, je fatisferai avec plaifir à ce devoir facré que vous avez fi bien rempli ; c'eft une double dette dont je m'acquitterai envers vous, & envers mes enfans, foyez-en certaine.

La Mere.

Je compte fur ta parole, ainfi mes inftructions & mes avis vont être relatifs à la conduite d'une mere qui nourrit ; je m'intéreffe trop peu aux fauffes meres pour les avoir en vue dans tout ce que je vais t'apprendre ; cependant par l'intérêt que je prends aux triftes victimes de leur inhumanité, puiffé-je ramener ces meres à la nature, par quelques détails que je ferai obligée de te faire fur tous les maux qui menacent une mere qui ne nourrit pas !

La Fille.

Comment, le defir de ne point s'expofer à tous ces maux ne fait-il pas fur elles ce que la tendreffe maternelle ne peut faire ?

La Mere.

La molleffe, l'amour défordonné du plaifir, & le préjugé de la mode, en voilà les feules caufes ; elles ont malheureufement plus de forces que toutes les loix de la nature, les plus fages, les plus féveres & les plus impérieufes. Venons à notre objet.

Raifons des mauvaifes meres.

On entend par accouchement la fortie du fœtus hors de la matrice, c'eft ce qu'on appelle la naiffance de l'enfant : je ne te dirai rien de ce qui regarde l'accoucheur ou la fagefemme dans cette opération ; ces détails ne pourroient point te fervir, puifque la pratique n'en eft pas poffible fur toi-même. Il te fuffira de fçavoir que le corps de la matrice à la faveur de toutes fes puiffances, agit fur l'enfant, & tend à furmonter la réfiftance de fon orifice, qui s'amincit de plus en plus en fe dilatant ; l'enfant fait en-même-tems des efforts par fes propres forces, & par une fuite néceffaire de l'action méchanique générale, il parvient au moment de fa naiffance.

Accouchement, ce que c'eft.

La Fille.

Le voilà donc ce pauvre petit être qu'on n'a pas vu pendant neuf mois, quoiqu'on l'ait fenti exifter, fans doute, avec le plus vif defir de le voir arriver à ce moment.

Naiffance de l'enfant.

La Mere.

Oui, le voilà nud, foible, mal-propre, fusceptible des moindres impreffions, & fans pouvoir agir, voir, ni parler, exigeant les plus grands foins.

La Fille.

Entrez, je vous prie, dans le détail des plus preffés.

La Mere.

Premier foin. Soit. Dès que l'enfant eft né, la fage-femme doit lui introduire le doigt dans la bouche, & en ôter la mucofité, efpece de morve qui s'y trouve ordinairement; elle gêneroit & pourroit même intercepter fa refpiration.

Lorfque l'accouchement eft naturel, ce placenta dont je t'ai parlé, & qui s'appelle ici l'*arriere-faix*, ou le *délivre*, eft expulfé un moment après que l'enfant eft venu.

Second foin. Dès qu'on a reçu l'enfant, on le couche fur une piece de drap ou de flanelle chaude, qu'on garnit intérieurement d'un linge fin : on lie le cordon ombilical à trois doigts du ventre ou environ, avec du fil affez fort pour qu'il ne fe rompe pas, & on fépare ainfi l'enfant du refte de ce cordon dont l'autre bout tient au délivre, & qui ferviroit même à le tirer du ventre de la mere, s'il ne venoit pas de lui-même.

LA FILLE.

J'ai entendu dire qu'il y avoit bien des enfans que l'on croyoit morts en venant au monde, parce qu'ils ne donnoient aucun signe de vie.

LA MERE.

Pour ne pas se tromper dans des occasions aussi délicates, où les secours de l'art sont essentiels, il faut se persuader qu'il n'est que la corruption sensible de la peau qui soit dans les enfans un véritable signe de mort.

Signe le moins équivoque de la mort de l'enfant.

LA FILLE.

L'enfant a-t-il besoin de téter sa mere aussitôt qu'il vient au monde ?

LA MERE.

J'ai à t'apprendre sur cela les détails les plus importans, & qui, si bien des meres en étoient instruites, les détermineroient peut-être à nourrir.

LA FILLE.

Voyons. . . . .

LA MERE.

D'abord, il faut que tu sçaches que pendant tout le tems de la grossesse, il s'est amassé dans le canal intestinal du fœtus un excrément noir & épais, qu'on appelle le *mecomium* ; il ressemble en couleur & en consistance à la moëlle de caze.

Le mecomium, ce que c'est.

Cette matiere épaiffe qui eft utile au fœtus dans le fein de fa mere, deviendroit nuifible à l'enfant dès qu'il eft né, s'il n'étoit pas expulfé dans les 24 heures ; il coaguleroit le lait, & corromproit tous les alimens.

Son vrai purgatif.

La nature qui prévoit à tout, a difpofé le premier lait de la mere de façon qu'il fert d'abord après les couches, de remede & de purgatif à l'enfant pour expulfer ce *mecomium* ; & ce premier lait eft le feul qui lui convienne, il s'appelle *Coloftre*, & n'eft à proprement parler que le premier principe du lait qui eft fourni par la partie féreufe du chyle de la mere.

La Fille.

Mais, une nourrice étrangere ne peut pas fournir à l'enfant ce lait purgatif de la mere.

La Mere.

Auffi l'enfant que l'on donne à une nourrice doit être 24 heures fans téter, & celui que la mere nourrit doit téter dès le premier moment de fa naiffance ; il fe purge du *mecomium* naturellement avec ce premier lait féreux, & en débarraffe le fein de la mere pour faire place à un lait plus propre à fa nourriture journaliere.

La Fille.

Ainfi, le premier vœu de la nature après
l'accouchement

l'accouchement, eſt que la mere donne ſon ſein à ſon enfant ?

La Mere.

Oui, ſans cela, il eſt expoſé à être mal purgé du *mecomium* par les remedes qu'on y employe, ſouvent imparfaits, & la mere court les riſques que ce premier lait ne s'écoulant pas, ne faſſe en elle de cruels ravages.

La mere doit donner le ſein à ſon enfant dès qu'il eſt né.

La Fille.

Quand ce premier lait féreux eſt paſſé, après les premieres heures de ſon accouchement, une femme a-t-elle beaucoup de lait ?

La Mere.

Comme il n'y a pas d'amas de lait dans le ſein dès les premieres heures de l'accouche-ment, on ne s'apperçoit pas que l'on en a, & des perſonnes mal inſtruites, ou mal intention-nées, ſe ſervent de ce prétexte pour empêcher une mere de nourrir. Cependant, que l'enfant tire, il en fait venir, & il avale ; bientôt il re-monte plus de lait que l'enfant n'en tire, & l'on s'apperçoit davantage de ſon exiſtence dans le ſein dès le ſecond jour ; le troiſieme & le qua-trieme jour il y a ſurabondance : c'eſt une erreur de croire qu'il n'y a du lait dans le ſein d'une femme que le deux ou troiſieme jour de l'ac-couchement, on regardoit cette époque comme

La venue du lait de la mere.

D

le moment propre à donner à téter ; c'est un abus qui n'est plus qu'au village.

La Fille.

Mais la surabondance de lait n'est-elle pas dangereuse ?

La Mere.

L'enfant le tire à mesure qu'il monte.

Les femmes qui auront commencé à donner à téter le premier jour, & qui auront donné souvent, ne se sentiront pas le sein gonflé par le lait le troisieme ou quatrieme jour. Le lait ne gonfle jamais le sein, quoiqu'on en ait beaucoup, lorsque l'enfant le tire à mesure qu'il monte.

Le premier mois les bouts du sein font un peu de mal, mais très-peu, dès que la mere donnera à téter à l'enfant aussi-tôt après sa naissance.

La Fille.

N'y a-t-il pas quelques régles que la mere doit suivre vis-à-vis de son enfant dès les premiers momens de son accouchement ?

La Mere.

Conduite de la mere à l'égard de l'enfant qui naît.

Une femme qui feroit livrée à elle-même, aux sentimens qu'elle éprouve, après être accouchée, auroit son enfant auprès d'elle, & machinalement lui donneroit à téter dès le premier moment qu'il le chercheroit, aussi souvent qu'il le demanderoit, & ne sentiroit aucunes douleurs. Les nouveaux nés tirent peu de lait à la fois , & s'endorment fur le fein prefqu'auffi-tôt qu'ils ont pris le bout. La chaleur de la mere eft la meilleure que l'on puiffe leur procurer ; la quantité de vêtemens & la chaleur du feu leur nuifent , fans les bien réchauffer.

La Fille.

Comme dans toutes fes opérations la nature fe charge prefque toujours de la dépenfe ! Allons , me voilà affez au fait des premiers jours de nourriture d'un enfant : je fçais comment fe rempliffent ces bouteilles qui la contiennent ; mais ce n'eft pas affez, il faut fçavoir une bonne fois pour tout la meilleure façon de lui préfenter le goulot de ces bouteilles.

La Mere.

Tu as raifon , & cela eft très-important à fçavoir.

Il ne fuffit pas qu'un enfant ait le bout du fein dans la bouche pour qu'il tire du lait , il faut encore qu'une portion du fein y foit ; s'il ne tient que le bout, il le preffe fans rien tirer , l'irrite & le tourmente : il eft donc effentiel, quand on préfente un enfant au fein ; 1°. qu'il n'ait aucun vétement qui gêne les mouvemens de fon corps ; qu'il n'y ait rien autour de la

Maniere de faire fucer le fein à l'enfant pendant le jour.

D ij

mere qui empêche l'enfant d'être collé à elle , & de la fentir : 2°. qu'il foit tellement à fon aife , que le bout foit au fond de fa bouche , & que fes gencives puiffent agir fur le fein même : 3°. il faut que la mere cherche elle-même l'attitude la plus favorable pour que fon fein tombe, pour ainfi dire , tout feul dans la bouche de l'enfant.

La Fille.

Avec ces détails, la conduite de mere nourrice , dans l'action de donner à téter pendant le jour , ne m'inquiette plus , mais la nuit faut-il toujours le veiller ?

La Mere.

Pendant la nuit.

Point du tout : lorfque l'on n'a perfonne pour veiller fur l'enfant la nuit , le moyen le plus fûr de l'empêcher de crier , & de pouvoir bien dormir foi-même , c'eft de le garder au fein en fe mettant dans une attitude commode pour foi , & fûre pour l'enfant ; on s'habitue aifément à fe rendormir pendant qu'il tete : au lieu que lorfque l'on veut le recoucher féparément, quoiqu'il ait affez teté , il crie , parce qu'il veut fentir la chaleur de la mere pendant les premiers mois.

La Fille.

Une chofe que j'ai maintenant à vous demander, c'eſt ſi on peut donner de la bouillie dès les premiers tems, au défaut de lait.

La Mere.

Quand un enfant commence à téter , ce qui doit être , comme je te l'ai dit , dès les premieres heures de ſa naiſſance , on ne doit point lui donner d'autre nourriture ; le lait de la mere lui ſuffit long-tems : les autres alimens dans les premiers mois , ſur-tout la bouillie , lui donnent des indigeſtions qu'on prend pour des tranchées. Si l'on croyoit qu'un enfant eût abſolument beſoin de manger , on pourroit lui donner un peu de biſcuit , ou du potage : enfin , on ne lui doit donner de la bouillie que rare- ment , & faite avec de la farine cuite au four ; il feroit encore mieux de faire de la bouillie très-claire avec de la mie de pain bien réduite en poudre.

La bouillie dangereuſe.

Bouillie moins dange- reuſe.

La Fille.

Fort bien , me voilà en état quand j'aurai un enfant , de le mener loin en fait de nourriture : parlez - moi un peu de ſon ſommeil ; ces meſſieurs-là n'aiment pas trop , je crois , à être réveillés.

La Mere.

Lorſque les enfans n'ont point de tranchées , ils dorment preſque toujours pendant les deux premiers mois ; il faut les laiffer jouir de ce repos , & ne leur rien faire qu'ils ne foient bien éveillés ; quand on a interrompu leur fommeil plufieurs fois de fuite , ils ont de la peine à le reprendre , ils s'agitent , ils crient ; on croit qu'ils ont des tranchées , on leur donne des drogues qui leur en caufe , & on leur nuit beaucoup.

La Fille.

Mais quand ils en ont effectivement , quel remede eft le meilleur ?

La Mere.

Remede con-tro les tran-chées.

C'eft de leur donner beaucoup de mouve-ment , & de leur faire prendre de l'eau de miel , & du fyrop de chicorée ; mais on doit bien prendre garde de fe tromper fur la caufe de leurs cris , pour éviter de les accoutumer à être bercés.

La Fille.

Vous n'êtes donc pas pour qu'on berce les enfans ?

La Mere.

Dangers de bercer un en-fant ou de le faire fauter.

C'eft un pernicieux ufage dont les nourrices n'abufent que trop ; comme de faire fauter les enfans fur leurs bras & fur leurs genoux , en les élevant , ou les abaiffant en divers fens avec précipitation. Toutes ces agitations violentes les difpofent à balbutier, & à prendre des peurs & des frayeurs pour des riens. Cette façon de fecouer les enfans & de les agiter, les difpofe auffi à des bégayemens, à des éblouiffemens, & les rend très-fufceptibles de convulfions ; outre que ces mouvemens trop forts font encore propres à rendre les enfans boiteux, boffus & courbés devant ou derriere ; comme l'abus de les porter toujours fur le même bras.

Il eft certain d'ailleurs que fi on berce un enfant dès qu'il a teté, on trouble fa digeftion.

La Fille.

Comme nous avons parlé du fommeil de l'enfant, dites-moi quelque chofe, maman, de la meilleure façon de le coucher.

La Mere.

Il faut qu'un enfant repofe, que ce foit dans un berceau, dans une corbeille, dans un hamac, tout eft égal, pourvu qu'il y foit à fon aife, & qu'il ne puiffe pas fe bleffer. La feule attention qu'on doit avoir eft de le placer tantôt d'un côté, tantôt de l'autre, afin qu'il ne fe faffe point d'habitude particuliere, & que le ton & le reffort des fibres & des organes

Coucher de l'enfant.

D iv

n'en fouffre point, par une compreffion habi-
tuelle, d'un côté plus que de l'autre.

LA FILLE.

Pour n'avoir point à revenir aux principaux
détails de la nourriture en général, dont vous
m'avez parlé dans cette converfation, dites-
moi un peu quelque chofe de l'hiftoire des
dents, elle eft terrible pour les enfans.

Des dents.

LA MERE.

Cela vient de ce que prefque tous les enfans
que l'on met en nourrice font fevrés trop tôt,
& font fouvent prefque toutes leurs dents fans
téter.

Détail des dents.

Le nombre total des dents eft ordinairement
de trente ou trente-deux, quinze ou feize
dans chaque mâchoire; les incifives font celles
de devant, qui viennent les premieres, quatre
à la mâchoire fupérieure, & autant à l'inférieure; les canines viennent après au nombre
de deux à chaque mâchoire; une de ces dents
eft toujours placée entre les incifives & les molaires; les molaires font toujours au nombre
de quatre, & quelquefois au nombre de cinq
de chaque côté dans chacune des mâchoires.

Les premieres dents pouffent ordinairement
dans le feptieme ou huitieme mois. Lorfque
les dents canines font fortifiées, on peut don-

ner aux enfans à mâcher un peu de pain mollet.

La Fille.

Les hochets font-ils bons pour les dents ?

La Mere.

On ne peut pas moins, leur criftal affer-mit les gencives, & augmente par conféquent la difficulté de les percer pour les dents qui veulent fortir ; une petite croûte de pain ou une racine de guimauve dans la main des en-fans, leur vaut mieux quand ils ont mal aux dents, ou aux gencives qu'elles veulent percer.

Abus des hochets.

La Fille.

Cela me paroît très-raifonnable ; combien faut-il qu'un enfant ait de dents pour le pou-voir fevrer ?

La Mere.

Il faut tâcher de leur donner à téter jufqu'à ce qu'ils aient leur vingt dents, parce qu'à chaque fois qu'ils y ont mal, leur eftomac eft plus foible qu'à l'ordinaire, & ils digerent difficilement ce qu'ils mangent alors. On dit qu'il meurt beaucoup d'enfans dans le travail des dents ; mais c'eft parce que la maniere dont on les a conduit, les a mis hors d'état de foutenir cette opération de la nature. En général le lait de la mere eft un balfamique

Epoque des dents pour ceffer de don-ner à téter.

ſouverain pour les dents, & pour la plûpart des maux de l'enfant.

La Fille.

Abus du lait des meres qui ne nourriſſent pas.

Eſt-il poſſible que ce lait de femme, ſi néceſſaire aux enfans, ſi précieux par ſes qualités, ſoit répandu & perdu par des évacuations forcées, dangereuſes & contre nature; tandis que le lait d'une vache, d'une chevre, d'une âneſſe, eſt aſſemblé & recueilli avec tant de ſoin?

La Mere.

Maladies qui en proviennent.

Voilà les inconſéquences que produit une mode barbare; une mere aime mieux s'expoſer à des apoplexies laiteuſes, des inflammations, des fiévres lentes, des douleurs générales dans le corps, ou particulieres dans quelques parties, des ſurdités, des épilepſies, des aſthmes, des paralyſies, des pleureſies, des ſciatiques, des phthiſies, des dépôts, des ſquirres dans les viſceres, des toux, des rhumes, des pulmonies, que de nourrir leurs enfans; à qui en même-tems qu'elles ſe garantiroient de tous ces maux, elles formeroient une ſanté robuſte, & un tempérament à l'abri de toutes les maladies qui trouvent leur germe dans le ſein d'une nourrice étrangere, & dans le défauts de ſoins.

La Fille.

En vérité, cela n'eft pas croyable.

La Mere.

Non, mais cela n'eft malheureufement que trop vrai, pour la nature & la propagation de l'efpece humaine ; bornons là notre converfation.

La Fille.

Oui, maman, elle m'a enfeignée les chofes les plus importantes à fçavoir pour une mere qui veut nourrir ; la nature fait pour l'enfant la dépenfe de cette nourriture ; mais elle n'a guere dépenfé pour fon habillement & fa premiere toilette, lui qui vient au monde fi mal propre.

La Mere.

C'eft ce qui fera le fujet de notre premier entretien.

QUATRIEME CONVERSATION.

La Mere & la Fille nouvellement mariée.

La Mere.

J'AI réfléchi à ce qui doit faire l'objet de notre converfation, qui fera la derniere ; car il ne faut pas t'en apprendre trop en fi peu de tems : Quatrieme & derniere époque depuis les foins que l'enfant

exige dans les & d'ailleurs, comme les paroles s'envolent,
premiers
mois, juf- le profit le plus fûr que tu pourras faire de tout
qu'au fevrage
& par de-là. ceci eft d'en former le defir de t'inftruire plus
au long dans les livres que j'ai étudiés, & que
je t'indiquerai.

La Fille.

Aufli, ma mere, eft-ce mon projet; mais je
vous aurai toujours l'obligation de m'en avoir
appris affez pour m'avoir donné la plus grande
curiofité d'en fçavoir davantage fur les objets
dont nous venons de parler. Je ne comprends
pas l'ignorance ftupide de nos femmes & de
nos meres : qu'on leur annonce une machine
hydraulique, ou toute autre, un peu bien ima-
ginée ; qu'on leur parle d'aller voir un canard
automate qui digere, elles vont y courir avec
la plus vive curiofité ; elles poufferont cette
curiofité jufqu'à tâcher de fçavoir & de com-
prendre les refforts & les moyens les plus ca-
chés de ces machines ; & la bâtiffe, l'accroiffement & l'exiftence miraculeufe d'un enfant
qu'elles portent neuf mois dans leurs entrailles,
ne les intéreffe pas ; nulle curiofité ne les en-
gage à fçavoir les rapports importans qu'il y
a entr'elles & cet enfant : quelle ineptie &
quelle cruauté !

LA MERE.

Quand elles ne fçauroient que ce que je viens
de t'apprendre, elles feroient à l'abri de ce
reproche, & la même envie qui te prends de
t'inftruire plus au long fur cette matiere pourroit germer en elles : mais encore une fois ce
n'eft pas la mode d'être vraie mere ; &, malgré
le plaifir que la nature a attaché à le devenir,
je crois que maintenant l'embarras d'être groffes
dégoûteroit tout-à-fait nos agréables femmes
d'avoir des enfans, fi elles n'y étoient rame-
nées par l'amour-propre, & l'intérêt de conferver des noms, des biens, des charges & des
dignités dans leurs familles.

LA FILLE.

Mais ces motifs devroient encore être fuffi-
fans pour engager ces fauffes meres à nourrir
& à faire foigner fous leurs yeux leurs enfans,
par la crainte de les perdre.

LA MERE.

Quelques-unes des plus riches fe prêtent,
non pas à nourrir, mais à faire nourrir leurs
enfans dans leurs maifons. Chez le plus grand
nombre la diffipation & l'amour du plaifir
triomphe encore de ces mouvemens d'intérêt
& d'amour-propre dont je t'ai parlé ; & nos

mœurs , toutes barbares qu'elles font fur cet
objet , à travers leur vernis policé , ne chan-
geront pas fi-tôt , à moins que les meres les
plus près du Trône.......

Mais venons à ce qui me refte à t'apprendre.

Tu as reproché à la nature , à la fin de notre
derniere converfation , d'avoir fait peu de dépenfe pour l'habillement & la toilette d'un nouveau né : je crois qu'elle en auroit fait davantage fi elle avoit mis dans fon fyftême que ces
êtres foibles & nuds duffent être fi généralement abandonnés de leur mere , ou c'eft une
rufe de plus que cette nature paroît avoir employée pour forcer les meres à ne point aban-
donner leurs enfans. Mais cette rufe chez nous
n'a pas réuffi , & ces pauvres êtres n'en font
que plus malheureux. Adouciffons leurs malheurs , en détaillant les moyens les plus convenables de les laver , de les habiller , & enfin
de les faire marcher le plutôt que nous pour-
rons, pour qu'ils puiffent plus vîte s'éloigner
de leur mifere.

La Fille.

Voyons : vous m'avez dit qu'un enfant fort
mal-propre du ventre de fa mere. Lavons-le
d'abord.

La Mere.

Soit ; mais il eſt bon de t'apprendre auparavant d'où vient cette premiere mal-propreté.

La Fille.

Ah ! vous avez raiſon , je vais toujours trop vîte.

La Mere.

Comme la peau du fœtus eſt extrêmement mince & poreuſe , il tranſpire , ou plutôt il ſue abondamment ; la ſuperficie de ſon corps ſe couvre d'une craſſe gluante ; cette craſſe qui eſt utile au fœtus , pour diminuer la grande diſſipation qui ſe feroit par les ſueurs trop abondantes , deviendroit nuiſible à l'enfant en faiſant obſtacle à une tranſpiration néceſſaire ; elle cauſeroit des maladies de la peau , qui ne ſont d'ailleurs que trop fréquentes dans le premier âge , ſi les plus grands ſoins n'y remédient.

Cauſe de la premiere craſſe d'un enfant.

La Fille.

Les plus grands ſoins ! entendez-vous , Meſdames les meres ?

La Mere.

Il faut donc laver un enfant auſſi-tôt qu'il vient au monde , l'eau qui doit être dégourdie , n'eſt pas aſſez maſſive ſeule , pour pénétrer &

Moyen de bien laver un enfant.

pour divifer l'humeur graffe répandue fur le corps des enfans ; elle ne fuffit pas pour les nettoyer, on doit lui donner cette qualité néceffaire en y mettant du vin, de la biere, du beurre, ou toute autre fubftance favonneufe ou fpiritueufe. L'eau de favon eft excellente à cet ufage : on fupplée à l'eau de favon en faifant fondre un peu de fel dans une grande quantité d'eau tiéde.

Frotter l'enfant pour le fecher. Lorfque l'enfant eft lavé, & fuffifamment décraffé, on le féche en faifant de légeres frictions fur tout le corps avec des linges ufés, qui ne foient pas abfolument froids.

Ces détails peuvent fervir pour tous les bains des enfans.

L'huile & le fel bons pour la peau des enfans. L'huile & le fel, forment par leur mélange un fluide entrant & déterfif en état de remplir toutes les vues qu'on doit fe propofer concernant la peau des enfans naiffans, principalement lorfqu'ils font humides & charnus.

Bains d'eau froide, bons. Dans la belle faifon, il faut laver tout le corps des enfans avec de l'eau froide ; cette pratique leur fortifie les genoux & les reins ; il faut encore leur laver le derriere des oreilles & la tête entiere, en évitant d'appuyer fur la fontanelle, & la broffer fouvent, pour empêcher

empêcher qu'il ne forme ce que les nourrices appellent *le chapeau* ; cette craffe n'eft point du tout néceffaire, quoiqu'elles en difent.

La Fille.

Je crois que ces cheres Dames fuivent bien rarement tous ces détails, ou les exécutent bien mal-adroitement, bien brufquement ; il femble que je les voie, & le pauvre nourriffon qui fouffre d'autant.

Mais, maman, ne fait-on pas auffi aux en-fans des frictions féches ?

La Mere.

Oui, ces frictions féches, fouvent réitérées fur le corps des enfans, adoptées déjà dans les fiécles les plus éloignés & trop négligées dans celui-ci, font des fecours néceffaires, employés à propos dans tous les cas & dans toutes les circonftances. Elles donnent du ref-fort & de l'élafticité aux folides, fecondent les organes de la digeftion, favorifent la cir-culation des liquides, rendent robuftes les membres & les vifceres, affermiffent la fanté & préfervent des maladies ; il eft effentiel de donner tous les jours aux enfans ce puiffant fe-cours, jufqu'à ce qu'ils foient en état de faire par eux-mêmes un exercice qui puiffe y fupplée.

Frotter les enfans à fec.

La Fille.

Quels font les momens les plus convenables

E

pour toutes ces opérations de propreté ?

LA MERE.

Tems convenables pour frotter & laver les enfans.

Ces foins néceffaires ne fçauroient être utiles qu'en les employant lorfqu'ils ont l'eftomac libre de toutes fortes d'alimens ; c'eft pourquoi il faut toujours choifir pour cela le moment de leur réveil après un fommeil affez long.

LA FILLE.

Et quand ils fe gâtent eux-mêmes, qu'elle eft la meilleure façon d'y remédier ?

LA MERE.

Moyen de nettoyer les enfans.

Il faut changer les enfans lorfqu'ils font mouillés par leur urine, avec un linge fec, mais jamais chaud, & les laver avec de l'eau froide, au moins deux fois par jour dans les plis des cuiffes avec une petite éponge ; par ce moyen, les enfans les plus gras ne fe couperont jamais, & n'auront pas des rougeurs ni de ces cuiffons qui les font crier.

LA FILLE.

Voilà, je crois, notre pauvre petit affez nettoyé & lavé, je crains qu'il ne s'enrhume. Pourvoyons à la façon de l'habiller & de le couvrir. D'abord, qu'entend-on précifément par le mot de maillot; car c'eft le premier habillement de l'enfant ?

LA MERE.

On entend par maillot, les couches & les **Abus du** langes dont on enveloppe les enfans à leur **maillot.** naiffance & pendant leurs premieres années ; on en a fait un ufage cruel, en entourant les enfans, pour les emmailloter, de bandes fi ferrées, qu'elles ne peuvent qu'être des obftacles conftans à la liberté de toutes leurs fonctions naturelles. Dans ces maillots, les enfans ferrés comme des momies perdent les mouvemens de leurs membres, on les leur fupprime totalement, jufqu'à ceux de la tête, qu'on affujettit par des têtieres, & qu'on rend, pour ainfi dire, inébranlables : heureufement qu'on revient un peu de cet affreux ufage.

LA FILLE.

Comment faut-il donc s'y prendre pour couvrir les enfans?

LA MERE.

Au lieu d'emmailloter les enfans, il fuffit **Bonne façon** de les mettre dans des linges bien doux & **d'emmailloter les enfans.** bien fecs fans être chauds, garnis d'une couche, & de les envelopper d'une couverture de laine ou de futaine, en leur laiffant la liberté de remuer leurs membres fans géne & fans contrainte : il faut avoir attention que la cou-

E ij

verture ne touche point la peau du col de
l'enfant, elle pourroit le blesser : on couvre
la tête avec un béguin de toile & un bonnet
très-léger, après avoir garni la fontanelle
d'une compresse de linge bien doux, pliée
en plusieurs doubles, pour suppléer à la foiblesse de cette partie, & pour la garantir des
accidens extérieurs.

La Fille.

Et la nuit ou quand on couche l'enfant,
est-ce la même méthode qu'il faut suivre ?

La Mere.

Façon de coucher les enfans. Oui, ma fille, quand on a pris toutes ces précautions, on couche les enfans horisontalement
sur un matelas uni dans un berceau commode :
les nouveaux-nés doivent être placés sur le côté,
afin qu'ils rendent facilement leurs flegmes.

Par la suite, quoiqu'il ne faille pas laisser
long-tems un enfant dans son berceau, il n'y
a point à s'inquietter de la maniere dont on
le portera sans bandes & sans maillot ; en peu
de tems, il aura les reins assez forts pour se
tenir sur les bras de la personne qui le pren-
dra, ce qui ne doit arriver que le moins qu'on
peut ; cette attitude leur fait donner une mau-
vaise tournure aux genoux.

LA FILLE.

C'eſt pourtant la grande façon des nourrices.

LA MERE.

En général, elles ſont ſi mal-adroites & ſi peu attentives, que parmi les enfans qui réuſ-ſiſſent le mieux en nourrice, on en voit très-peu qui ſoient bien en tous points. Il y en a qui paroiſſent forts & gras ; mais l'un tend le derriere, l'autre dandine ; celui-ci a les genoux en dedans, celui-là a les reins foibles ; un autre a une deſcente ; l'un louche ſans que cela lui ſoit naturel ; l'autre a une brûlure quelque part ; il y en a pluſieurs qui ont le carreau, ſorte d'oppilation qui preſſe l'eſto-mac ; d'autres ont le ventre gros, ils tétent le pouce, preſque tous ; beaucoup ſont de la petite eſpece, & n'en auroient pas été ainſi s'ils euſſent été nourris par leur mere ; enfin, un grand nombre deviennent étiques.

Mauvais état des enfans mis en nourrice.

LA FILLE.

Pour deux ans de patience refuſés à la nature, voilà des meres bien avancées : je ſuis aſſez inſtruite du maillot, de la bonne eſpece ; & comme notre petit grandit vîte, mettons-le en corps de jupes pour le faire marcher plus commodément : à quel âge doit-il marcher ?

LA MERE.

Ce n'eſt pas l'âge qui doit déterminer pour le tems de poſer les enfans ſur leurs pieds, mais leurs forces : il faut bien prendre garde de les y poſer trop-tôt, comme la plûpàrt des nourrices le haſardent, au riſque de leur faire tourner les genoux en dedans ou en dehors, & il faut avoir attention de ne pas les y laiſſer long-tems de ſuite dans les commencemens.

Enfin, lorſque les enfans ſentent de la force, ils s'appuyent d'eux-mêmes ſur leurs pieds ; & dès que l'on s'en apperçoit, il faut les poſer ſur leurs jambes au milieu d'un gros tapis étalé par terre, & les laiſſer s'agiter à leur fantaiſie.

On ne ſçauroit croire ce que les enfans acquierent d'expérience en les laiſſant faire tout ce qui les amuſe. L'exercice qu'ils prennent d'eux-mêmes, les fortifie & les rend adroits ; celui qu'on leur fait prendre malgré eux, les fatigue & leur nuit, tant au phyſique qu'au moral.

LA FILLE.

Et des liſieres, maman, qu'en penſez-vous ?

L a M e r e.

Autre abus pernicieux chez toutes les nour- Abus des lifieres. rices, qui ne les font fervir que pour traîner les enfans, les foutenir en l'air, & les faire fauter. Il eft dangereux d'exercer les enfans à marcher en les foutenant par des lifieres, fur-tout lorfqu'elles font attachées fur le devant de leurs corps de jupes ; comme les jambes & les jarrets ne font pas affez forts pour les foutenir, ils font forcés de fe porter fur le de-vant, d'élever leurs épaules & la tête en fe tenant courbés ; cette attitude forcée fait vio-lence aux ligamens des vertebres ou petits os du dos, les relâche, l'épine prend une dif-pofition à fe tourner & fe tourne en effet, fouvent quelques années après, par cette feule caufe : d'ailleurs, les côtes font preffées & gê-nées par cette attitude, les épaules fe rehauf-fent, & les jambes ne peuvent que prendre une fauffe pofition, au rifque qu'elles en demeu-rent contrefaites.

L a F i l l e.

Allons, je fuis en état de faire marcher notre petit, comme il convient à la nature ; maintenant il faut bien lui donner fon corps de jupes, ou autre habillement pour le tirer du maillot.

E iv

La Mere.

Façon d'habiller les enfans légerement.

En général, quelqu'habillement que l'on donne à un enfant, il doit être très-léger ; comme ils ne font point naturellement frilleux, des habits trop chauds ou trop lourds ne feroient que les incommoder & les rendre frilleux par la fuite.

Abus des corps de jupes.

Les corps de jupes, foit qu'ils foient conftruits de corde, de jonc ou de baleine, font toujours piqués & affez durs pour comprimer trop fortement des enfans, qui à cet âge ont les chairs & les os de la nature de la cire. Tous leurs membres fupérieurs en fouffrent par une circulation gênée des liquides dans ces parties, & le fuc nourricier n'a plus les moyens de s'y diftribuer avec égalité, de s'y affimiler, de les nourrir & de les réparer.

La Fille.

Comment donc faire pour le mieux ?

La Mere.

Façon d'habiller les enfans fans les gêner.

Le mieux eft de couvrir les enfans pendant les trois premieres années d'un petit corfet de flanelle fans manches, qui s'attache légerement par derriere, auquel il faut coudre un petit jupon, & par deffus une petite robe de même étoffe, ou de toute autre, pourvu qu'elle foit mince, fouple & très-légere, le petit habillement à la matelotte, ou à la houzarde pour les garçons, que l'on a mis en ufage, feroit affez bien entendu, fi l'on avoit attention de ne le pas faire fi étroit dans le détail.

La Fille.

Voilà pour le jour : de quoi faut-il envelopper les enfans la nuit ?

La Mere.

La nuit il faut ne leur mettre qu'une chemife de flanelle, qui ne gêne point la liberté de leurs membres.

Pour la nuit.

La Fille.

Comme je crains d'abufer de votre patience, ma chere maman, en vous faifant de nouvelles queftions, peut-être peu importantes, je m'en tiens à ce que vous venez de m'apprendre ; oui, je fçais comment il faut laver, habiller & faire marcher notre petit Monfieur : je crois maintenant qu'il ne nous refte plus qu'à le fevrer.

La Mere.

Allons fevrons-le, puifque tu le veux ; mais cette opération eft double en quelque façon, parce qu'elle exige dans la mere une conduite pour elle-même, & une pour fon enfant.

La Fille.

Eh bien, commençons par la mere.

La Mere.

Conduite
de la mere
pour fevrer. Soit. Plus on nourrit long-tems, plus on a de facilité à fevrer ; on doit choifir la faifon de l'été, le lait s'évacue plus aifément alors. Il faut s'y préparer un mois d'avance, en donnant moins fouvent à téter, jufqu'à ce qu'on ait réduit l'enfant à deux fois par jour. Lorfque l'on ceffe tout-à-fait, il faut fe garnir le fein, faire beaucoup d'exercice, prendre garde de fe refroidir, éviter l'humidité, manger un peu moins, boire de l'eau de chiendent, prendre quelques remedes & fe purger quelques jours après.

La Fille.

Tout cela n'eft pas bien difficile ; & fi les meres qui ne nourriffent pas mettoient à côté de ce petit régime tous les ravages que le lait perdu fait chez elles, il y en a bien qui voudroient être à la place de la mere qui a nourri.

La Mere.

Oui ; mais pour cela il y en a bien auffi qu'il faudroit faire revenir de l'autre monde.

La Fille

Enfin elles l'ont voulu, ce n'eft pas la faute de la nature, c'eft la leur, & le régime de

l'enfant eſt-il auſſi aiſé que celui de la mere?
D'abord à quel âge peut-on ſevrer?

La Mere

Il faut tâcher, comme je crois te l'avoir
déjà dit, de donner à téter aux enfans juſqu'à
ce qu'ils ayent leur vingt dents : c'eſt une erreur de craindre que les enfans qui tétent
long-tems, n'ayent l'eſprit lourd & tardif; on a
des preuves du contraire, & même ſi ta mo-
deſtie me permet de te citer, je me rappelle
très-bien que je ne t'ai ſevrée qu'à l'âge de
deux ans, ainſi.

Age de ſe-
vrer les en-
fans.

La Fille.

Ah! ma mere, vous me faites trop d'honneur de me faire ſervir ici d'exemple.

La Mere.

Si j'en ſçavois un plus certain, je le cite-
rois, mais tu n'es pas la ſeule qui prouve ce
que j'avance.

Un enfant une fois parvenu à l'âge de deux
ans, s'il eſt fort, pourroit abſolument ſe paſſer
des ſoins de ſa mere ; il parle, il marche ſeul,
il a des dents ; qu'il reçoive du pain de celui-
ci ou de celui-là, il lui fera le même bien :
mais avant cet âge, il n'y a que la tendreſſe
& les attentions mutuelles de la mere, qui
puiſſent ſuffire à tous ſes beſoins.

Etat d'un en-
fant de deux
ans, d'une
bonne venue.

LA FILLE.

Ainſi une mere qui ne nourrit pas, éloigne d'elle ſon enfant dans les deux années où il en a plus beſoin, & le fait revenir à elle dans le tems où il pourroit s'en paſſer. Quelle inconféquence ! je ne crois pas avoir jamais à me la reprocher. Allons, voilà enfin notre pauvre petit ſevré, il marche preſque tout ſeul, il a vingt dents, il pourra manger de tout, me voilà contente.

LA MERE.

Régime d'un enfant ſevré.

Doucement, doucement, tu dis qu'il pourra manger de tout, & ce n'eſt point cela ; ſon eſtomac habitué au lait de ſa mere, qui n'a jamais été pour lui qu'une nourriture facile à digérer, demande encore des ménagemens, ſur-tout dans les premiers jours. Le régime qu'il exige eſt préciſément celui d'un convaleſcent qui ſort d'une grande maladie, en y ajoutant qu'il ne doit boire que de l'eau : le tout proportion gardée.

LA FILLE.

Vous faites bien de m'avertir, car j'aurois fait quelque ſotiſe, & le pauvre petit en auroit ſouffert.

LA MERE.

Il faut que les enfans mangent toutes les

fois qu'ils le defirent ; on leur feroit tort en
ne leur donnant pas la quantité d'alimens dont
ils ont befoin pour leur accroiffement ; mais
il eft bien effentiel qu'ils ne foient jamais ex-
cités par la variété & la délicateffe des mets.
Les fruits d'une bonne qualité & bien mûrs ,
donnés aux enfans avec difcrétion , leur font
auffi falutaires, que ceux d'une mauvaife qualité & pas affez mûrs, leur font contraires &
nuifibles. Souviens-toi , fur-tout pour dernier
avis, qu'il y a une caufe de maladies pour les
enfans, affez ordinaire chez les gens aifésqui
donnent à manger , ou même que les peres
& meres n'occafionnent fouvent que trop à
leur petit couvert.

Les fruits mûrs , bons à un enfant fevré.

La Fille.

Quelle eft cette caufe de maladies ?

La Mere.

On a la complaifance de mettre à table des
enfans de trois ou quatre ans, ils mangent
beaucoup plus qu'ils n'ont de befoins ; on
s'amufe , ou l'on fe pique de leur apprendre
à boire & à manger de tout ; on croit que le
peu qu'on leur donne de chaque chofe ne
leur fait pas de mal : il en réfulte que ces
enfans, outre qu'ils deviennent fenfuels, mangent toujours trop & boivent de même , &

Abus de mettre les enfans à table des peres & meres riches ces complaifances réitérées leur caufent les plus grandes maladies.

La Fille.

Tems où il a moins de danger.

Eh bien , maman, je penfe qu'il ne faut mettre les enfans à la grande table que très-rarement, & encore quand ils ont mangé à leur petit couvert , afin de ne leur rien donner , & leur apprendre à tout voir fur cette grande table, fans devenir gourmands.

La Mere.

Point de vue général de l'éduca-tion.

Après t'avoir donné tous ces avis particu-liers , il ne me refte plus qu'à te les raffem-bler dans le point de vue général , d'où tu dois regarder l'éducation des enfans que le ciel te deftine ; c'eft de faire confifter d'abord la fatisfaction que tu en pourras tirer dans les avantages de la force , de l'adreffe, de l'agi-lité , de la bonne fanté & de la belle forme du corps; tous ces avantages , fans lefquels ils ne paroîtroient jouir d'aucun autre , influeront en bien fur tous les événemens de leur vie.

Inftructions précoces fati-guantes.

Etablis donc pour principes dans les pre-mieres années de l'éducation de tes enfans , que les inftructions précoces fatiguent leurs foibles organes, en retardent le développement & énervent les opérations de leur efprit.

LA FILLE.

Mais n'y a-t-il pas à craindre par cette pre_
miere inaction de l'efprit , que des enfans ne
s'accoutument à l'oifiveté ?

LA MERE.

Jamais , laiffe ton enfant fe portant bien , Occupations
jouir de fa liberté , & tu verras qu'il s'occupera falutaires
toujours. Les jeux d'un enfant font pour lui une aux enfans.
fource d'occupations continuelles & agréables ,
ils lui apprennent plus de chofes qu'on ne
penfe ; il compare ce qu'il fait avec ce qu'il
a fait ; il acquiert de l'expérience & de l'a-
dreffe ; il fe forme de petits raifonnemens par
lui-même , qui lui rendent l'efprit conféquent
& le confervent naturel ; fon tact s'effaye & fe
décide ; enfin , je penfe qu'on ne doit point
contraindre les enfans à apprendre des chofes
qui exigent de leur part de la contention ,
avant qu'ils ayent fix à fept ans.

LA FILLE.

Mais que faire des enfans pendant ces premieres années ?

LA MERE.

Les laiffer jouer , fe fortifier & profiter du
feul tems de leur vie où ils puiffent être
heureux. Cela n'empêche pas qu'on ne s'attache dans ces premieres années à former leur
cœur & leur jugement , en ne faifant que des

actions bonnes & honnêtes devant eux, & sur-tout en leur parlant toujours vrai.

Quand on peut les rassembler plusieurs, mais quatre ou cinq tout au plus, il seroit utile de leur apprendre en forme d'amusemens par une petite morale dialoguée à leur portée, à réformer les petites passions ou les défauts qui peuvent germer entr'eux, & à leur inspirer ainsi l'émulation de faire le bien & la honte de faire le mal. Le livre du *Magasin des Enfans*, celui des jeux de la petite *Thalie*, & d'autres à-peu-près dans ce genre, peuvent leur servir à l'un & à l'autre.

Pour cela, il n'est nécessaire que de leur enseigner à lire promptement, en leur inspirant par ces lectures amusantes l'envie de l'apprendre. En se conduisant ainsi avec les enfans, on les amenera insensiblement au point de sentir, que pour être heureux, il faut se mettre en état de faire quelque chose d'utile pour soi, & d'y joindre l'agréable pour les autres; ils desireront enfin d'acquérir les connoissances qui rendent les hommes humains, éclairés & recommandables.

La Fille.

Je sens toute l'importance de ce dernier avis, & j'y donnerai toute l'attention qu'il exige.

Fin du nouveau présent de Noce.

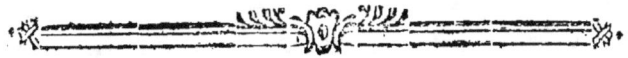

LE POUR ET LE CONTRE

DE LA VIE HUMAINE.

LETTRE de l'Auteur à une Dame en lui envoyant cet Ouvrage.

MADAME,

POURQUOI vous expofer à haïr la vie, en me demandant un extrait du Tableau que le Docteur Young en fait dans fon 3ᵉ volume?

Eft-ce à la délicateffe de votre efprit, à la tendreffe de votre ame que l'on doit préfenter ces tableaux attriftans des malheurs qui entourent l'humanité? Eft-ce à votre âge, avec votre fortune, & une auffi bonne fanté, que l'on doit être affez blafé fur les plaifirs de la vie, pour chercher à en connoître les peines par une fpéculation indifcrette?

Serez-vous plus contente quand vous fçaurez qu'il ne tiendra qu'à vous de vous croire malheureufe, ou quand vous vous imaginerez l'être?

F

Voilà pourtant, Madame, de quoi il s'agit, & ce qui peut réfulter de la lecture du morceau chagrinant que vous me demandez avec autant de vivacité que s'il s'agiffait d'un joli Roman?

Mais je vous connois dans vos defirs littéraires ; fi je ne vous fatisfait pas, vous vous adrefferez à un autre, qui, moins prévenu du danger que vous voulez courir, vous contentera fans aucune précaution.

Eh bien, Madame, en vous envoyant ce petit Difcours d'Young, que par fes triftes détails je dois appeller plutôt cette chaîne lourde & ferrée qui femble attacher la vie de l'homme au malheur, comme la chaîne d'un galérien le lie à la chiourme, fçachez-moi quelque gré de l'ouvrage que j'ai mis à la fuite.

Sa lecture effacera peut-être les fombres impreffions que vous laifferoit le Difcours du Docteur Anglois, fi vous le lifiez tout feul.

Ce Docteur, entre nous, traite fouvent l'homme comme un pere trop févere donne le fouet à fon enfant, dans un moment d'humeur : les marques reftent long-tems fur la partie fouffrante.

Vous êtes un grand perfonnage maintenant, croyez-moi, ne vous expofez pas à fa vigoureufe correction, ou permettez, au moins, fi vous vous y livrez , & qu'il vous meurtriffe un peu l'ame, que j'aie le plaifir d'y mettre fur le champ l'appareil.

Voilà le but du Difcours que j'ai eu la hardieffe de compofer exprès , pour le joindre à l'extrait qui le précéde : puiffe - t - il remplir mes vues , & rendre le même fervice à toutes les perfonnes qui fe mettront , comme vous , dans la dangereufe pofition d'en avoir befoin !

Encore une fois , fi le mâle génie de ce Docteur Anglois affecte votre ame, prenez garde d'en abufer : en ne voulant que vous en échauffer , craignez qu'il ne vous brûle, certains hommes plus forts que vous y ont été pris.

Enfin, fi vous m'en croyez , à travers même tous les rayons de lumiere qui jettent un fi beau jour fur toutes fes nuits, fon plus fublime ouvrage , vous n'approcherez que du feu qui éclaire la nuit du plaifir. *

J'ai dit, lifez maintenant, fi vous l'ofez encore.

Je fuis avec refpect ,

MADAME,

De Paris ce 9 Février 1771.

Votre , &c.

* Seizieme Nuit d'Young.

TRISTE TABLEAU

DE LA VIE HUMAINE,

Tiré du troisieme volume du Docteur Young.
ARTICLE, *Estimation de la vie.* §. *De la Variété*, pag. 78.

Ou est donc le bonheur de cette vie? l'avez-vous apperçu dans aucun des états & des rangs que je viens de parcourir?

Le Villageois se plaint tout haut de la vie, le Courtisan gémit en secret. Que de peines dans la pauvreté! que de dégoûts dans l'opulence! Le riche se fatigue autant pour dissiper avec plaisir, que le pauvre pour soutenir sa vie. Que d'ennuis dans la retraite! sans attente & sans projets, l'existence est insupportable. Dans le monde quelle lutte continuelle & fatigante!

Le sçavant & l'ignorant peuvent également désespérer du bonheur; l'un est malheureux par ses erreurs, l'autre par ses lumieres; l'un se trompe sur la valeur des objets de ses desirs, l'autre sçait apprécier les biens de la vie: il en voit l'insuffisance, c'est la vue de la vérité qui le fait gémir. La raifon nous dégoûte de prefque tous les objets qui nous entourent.

Souhaiterai - je de la profpérité ? elle rend l'homme indifciplinable, elle augmente la force des paffions, & affoiblit la raifon. L'imagination du mortel que la fortune enivre, fe remplit de chimeres ; fa volonté ingouvernable & fans frein, s'abandonne à fa fougue déréglée,& parcourt à grands pas la carriere du vice.

Suppofons qu'aucuns revers n'interrompent le cours de fes heureux fuccès : il eft certaine langueur qui accompagne toujours la plénitude de la profpérité. Quand le cœur eft raffafié & ne defire plus, il fe flétrit fur les biens qu'il poffede, & l'énergie de l'ame fe diffipe comme une flamme qui ne trouve plus d'alimens à dévorer. Cependant, malgré ce dégoût qui fuit la poffeffion, on ne peut fe féparer de tous ces biens, ce font autant de liens qui vous enchaînent à la vie : la terreur de mourir eft augmentée.... Ah ! la profpérité eft un état miférable !

L'adverfité me plaît davantage : c'eft du moins une école où nous apprenons la fageffe. Pour nous inftruire, tous les Traités de morale ne valent pas un malheur ; mais que ces leçons utiles nous coûtent cher ! & que fignifie

cette fageffe qui ne donne point le bonheur,
& que la peine accompagne?

Si nous pouvions fçavoir enfin à quoi fe réduit la félicité des autres, & combien foible
eft ce bonheur qui excite notre jaloufie, cette
connoiffance délivreroit l'univers d'un grand
mal, & l'on ne verroit plus fur la terre quelque chofe d'auffi abfurde que la fatale paffion
de l'envie.

L'envie eft tout à la fois un crime & une
folie née d'une erreur; cette erreur porte fur
la fuppofition d'une chofe qui n'eft pas, fur l'o-
pinion que le bonheur des autres eft fupérieur
au nôtre. Cette fupériorité n'exifte point, du
moins au degré que nous imaginons. Ce n'eft
pourtant que fur cette idée exagérée du bonheur d'autrui, que nous en fommes envieux.

Il eft peu d'hommes qui puiffent dire, j'ai
été heureux; prefque tous difent, je le ferai;
aucun n'a dit, je le fuis. Le préfent eft tout
ce que nous donne, tout ce que nous fert notre mere la nature : nous, comme des enfans
pleins d'humeur, nous boudons auprès, & n'en
voulons point goûter. Qu'arrive-t-il? que la
dépravation de nos penchans s'unit à la loi de
notre condition, pour combler notre mifere:
une moitié des biens nous eft interdite, nous

refufons de jouir du peu qui nous eſt diſtribué d'inſtant en inſtant, & nous reſtons ainſi privés de tout, & affamés.

Hélas ! tout nous dit, tout nous répéte que les hommes font tous unis par la miſere & la peine, comme ils le font par le tombeau ; que ce n'eſt point le bonheur d'un côté, & le malheur de l'autre, qui différencient les habitans de ce globe, mais feulement les degrés divers d'une miſere univerſelle, variée fous mille formes.

Ce monde peut-il donc avoir encore des charmes pour nous ? Se pourroit-il que nous ne fuſſions nés que pour lui ? Eſt-ce là le féjour qui convient à cette ame fublime, émanée de la Divinité ? Eſt-ce là la fortune, la dot qu'elle a reçue pour prix de fon union avec le corps ?

Comment fe plaire dans un monde où la mémoire eſt fans ceſſe obſédée des noires idées du paſſé, l'imagination toujours dégoûtée du préſent, tandis que Dieu, par pitié, a pris foin d'aveugler la raifon fur l'avenir ; dans une vie où nul n'eſt en fûreté contre la fortune & fes revers ; où, fans accidens étrangers, l'ame & le corps, toujours en guerre, font leur malheur réciproque, & fuffifent à leur tourment ;

F iv

où nous enterrons chaque année quelque amu-
fement, quelque plaifir, que nous rempliffons
par d'autres toujours plus infipides, & qui
paffent comme les premiers ; où la jeuneffe fe
flétri fouvent dans fa plus belle journée, comme une fleur féchée fur fa tige par un vent
brûlant ; où la vieilleffe eft toute défigurée par
les plaies multipliées dont le fort & le tems l'ont
couverte, comme un vieux chêne déchiré par
la foudre & par les ans ; où tout ce qui donne
de l'énergie aux fenfations diffipe les efprits &
abrége la vie, & où ce qui les ménage les affou-
pit, fait trouver trop longue la vie la plus courte,
& traîner dans l'ennui les jours de quelques
années qui s'enfuient avec une rapidité in-
concevable ; où l'homme accablé d'affaires, &
celui qui n'en a point, font également malheureux. La moitié des voyages qui ont été
faits, des entreprifes fameufes qui ont été formées, des volumes qui ont été écrits, eft dûe
à un cœur malade, fatigué de la vie & infup-
portable à lui-même.

Comment fe plaire dans un monde où les
maux réels font fi fréquens, & les maux ima-
ginaires continuels ; où le plus heureux rend
grace au malheur de quelqu'autre homme, de
ce qu'il l'avertit qu'il avoit tort de fe croire

le plus infortuné ? Dans un monde où chacun souffre & voit souffrir, conte à tous momens les tragiques aventures de ses semblables, jusqu'à ce qu'il devienne lui-même le sujet de ces tristes contes, contes d'un jour, ensuite oubliés pour jamais... Dans un monde où les occupations les plus importantes & les plus sérieuses ne sont que de pénibles folies qui succédent aux bagatelles de l'enfance, & n'en different que parce qu'elles sont plus vaines encore, & moins innocentes ; où, des professions qui partagent la société, deux sont métier l'une de dépouiller l'homme de ses biens, l'autre de lui donner la mort ; une troisieme est employée jour & nuit à réparer, à étayer nos corps qui sans cesse menacent ruine... Dans un monde où nous ne pouvons sortir notre porte, ni faire un pas, sans entendre les cris de l'indigence ou de la douleur ; où les hôpitaux & les petites-maisons sont des besoins publics de la société ; où les noms de la moitié du genre humain sont des noms de douleur & d'infortune : des veuves, des orphelins, des pauvres, crie-t-on sans cesse à nos oreilles.

Comment se plaire dans un monde dont l'histoire n'est qu'un vaste dépôt d'infortunes & de malheurs ? Vous vous plongez à chaque pas dans le fang, vous marchez fans ceffe au milieu des perfécutions, des inquifitions odieu-fes, des trahifons, des affaffinats, des horreurs du carnage ou de la fervitude : des perfonna-ges les plus illuftres & les plus enviés, il en eft peu qui foient morts de leur mort naturelle; prefque tous fourniffent des événemens de tra-gédie aux générations fuivantes.

L'hiftoire des malheureux de notre efpece fait la gloire & le revenu du Sçavant & de l'homme de Lettres, & les monumens immor-tels du génie de l'homme, font auffi des mo-numens de la mifere humaine. Les billets fu-néraires que nous ne pouvons lire fans être émus, n'auroient bientôt plus rien de trifte & de lagubre, fi l'on diftribuoit chaque jour les bulletins des malheurs particuliers. Comme les familles, les nations auffi font quelquefois affligées d'une calamité univerfelle, & le globe entier de la terre n'eft pas exempt des dé-faftres qu'un feul homme peut fentir. Nés dans les douleurs & dans les peines, miférables tant que nous vivons, il nous faut tomber enfuite dans les bras de l'épouvantable mort.

Si le compte que je viens de rendre de la vie eft jufte, comme je le crois, qu'eft-ce donc que le bonheur de ce monde? un mot, une

idée, un rêve de l'homme éveillé, une matiere bonne pour le difcours ; un but où l'on
vife fans ceffe & où l'on n'adreffe jamais, une
vaine peinture dans l'imagination, & une peine
réelle dans le cœur. La fageffe recommande
gravement à l'homme de chercher le bonheur,
la fcience en raifonne en termes emphatiques
& pompeux, la raifon en écoute avidement les
brillantes defcriptions, la paffion le pourfuit
avec ardeur, & l'expérience finit par nous apprendre qu'il en faut défefpérer ; mais l'expérience ne nous corrige point. Le paffé, le préfent ont beau nous inftruire, nous réfervons
toujours du lendemain une idée plus favorable,
comme s'il devoit demain fe lever un autre
foleil, naître un nouvel univers, & que nous
ou la nature nous duffions changer d'être.

Une heureufe conftitution, un caractere
doux & facile, font, felon moi, ce qui ap-
proche le plus du bonheur ; mais ce n'eft pas
encore lui : la fortune, la nature des chofes,
les infirmités du corps, les paffions de l'ame,
la dépendance néceffaire où l'on eft des autres,
l'afcendant du vice, la condition même de l'humanité, nous empêcheront à jamais de toucher,
d'embraffer ce bonheur à qui nous tendons
les bras.

Les plaisirs de la table, la beauté, la musi-
que, l'éclat des grandeurs, les douceurs de
l'étude, les plaisirs, les affaires, la sagesse,
tout ce que peuvent nous procurer la terre &
les mers, l'art ou la nature, le travail ou le
repos, ne peuvent fournir que de foibles res-
sources pour soulever un peu, pour soulager
le cœur de l'homme oppressé du poids d'une
heure de vie.

Encore s'il n'y avoit que la jeunesse sans
expérience, l'homme frivole ou corrompu,
qui fussent dupes de la vie & de ses fausses
promesses ? Mais quand je vois le sçavant,
le sage, l'homme grave & sérieux ; quand je
vois le vieillard en cheveux blancs, & près de
la tombe, croire encore au bonheur, l'attendre
& le demander encore à cette vie indigente....
c'est, pour moi, une vue choquante qui me
fait souffrir ; mon ame émue de pudeur & de
pitié, s'arrête au milieu du cours de ses pen-
sées ; je n'ose plus continuer d'exposer au jour
la honte & les miseres de l'homme, & j'é-
prouve les sentimens d'un fils qui retourne sur
ses pas, & court jetter un voile sur la nudité de
son pere.

J'ai voulu, comme je l'ai d'abord annoncé,
mettre ce monde dans la balance de la vérité,

& examiner la valeur des biens de la terre.
J'ai tracé dans ce Difcours le portrait fidéle &
fans exagération de l'état général du genre
humain; mais il faut avouer auffi que cet état
miférable eft en partie notre ouvrage. S'il n'eft
pas en notre pouvoir de le changer en tout,
nous pouvons du moins l'améliorer en grande
partie, & nous délivrer d'une foule de maux
qui n'en font pas inféparables. C'eft ce que je
vais tâcher de rendre fenfible dans le Difcours
fuivant. * Je vengerai, par-là, la Providence
des injuftes reproches que lui font les mortels.
Après avoir comparé ce monde tel qu'il eft,
avec le monde tel qu'il peut être, tel qu'il feroit, fi nous voulions faire ufage de notre raifon, nous ferons en état d'apprécier au jufte
la valeur de la vie humaine....

* Ce fecond Difcours n'a jamais paru.

A V I S

Sur la Note qui annonce que ce second Difcours
n'a jamais paru.

*LE célebre Young ne nous a éclairé, par ce
premier Difcours, que fur les chagrins & fur les
peines d'une exiftence malheureufe, efquiffés
avec les crayons les plus forts, mais auffi les
plus noirs, fans nous donner après le contre-
poifon qu'il nous promet.*

*C'eft donc pour fuppléer au défaut de ce fe-
cond Difcours, fi néceffaire à notre tranquil-
lité, & pour mettre le monde dans la balance de
la vérité, que j'ofe entreprendre de confidérer la
vie d'un côté plus favorable.*

*Par fa vigueur & fon génie, ce Docteur An-
glois auroit renverfé fans doute lui-même cet
autel qu'il a dreffé au défefpoir, au bout de
cette galerie effrayante des triftes tableaux de
la vie ; mais j'attaquerai au moins cet autel
finiftre, avec le plus ardent defir de le détruire :
quand je ne ferois que l'ébranler, j'aurai donné
une nouvelle preuve de mon zele pour l'humanité.*

NOUVEAU DISCOURS

Sur l'eſtimation de la vie humaine , enviſagée de ſon beau côté.

QUELLE fureur anime les ſombres Moraliſtes d'employer les lumieres de leur eſprit , & les forces de leurs raiſonnemens , à attriſter ſur ſon ſort l'homme moins inſtruit qu'eux , & moins ſuſceptible de réflexions ?

Si ces Héraclites ſentent auſſi triſtement qu'ils s'expriment , ſi leur façon d'appercevoir les objets leur rend le fardeau de la vie ſi péſant ; pour l'alléger aux autres & à eux-mêmes , ne devroient-ils pas travailler à ſe diſtraire des triſtes idées qu'ils peuvent s'en former ? Ne devroient - ils pas s'appercevoir qu'il y a de l'inhumanité à ouvrir les yeux d'un malheureux à qui une ignorance ſalutaire les tient fermés , pour ne pas voir ſon malheur ? S'il le voit ne devroient - ils pas penſer que la conduite d'un Philoſophe , d'un ſage , doit être d'encourager cet infortuné trop éclairé ſur ſes malheurs , à les ſupporter avec patience & avec courage ? En jettant de plus vifs rayons de lumieres ſur ſes maux , ne devroient - ils pas craindre, par la force de leur éloquence, ou par l'adreſſe de leurs ſophiſmes, de faire tomber ce malheureux dans le découragement, & de le précipiter dans l'abîme du déſeſpoir?

Voilà ce que peuvent produire ces écrits ſombres & plaintifs d'un eſprit mécontent de ſon exiſtence, & révolté contre la nature. Ces Philoſophes ſiniſtres reſſemblent à des paſſagers inquiets, triſtes & mélancoliques, qui, dans un vaiſſeau, chercheroient à effrayer, à intimider tous les gens de l'équipage, en voulant leur perſuader, parce qu'ils le rêveroient, que pendant une navigation aſſez heureuſe ils n'ont que des tempêtes, ils ne touchent que des rochers, ils n'eſſuyent que des naufrages, & ſont continuellement en proie à la cruelle avidité des corſaires.

Si de pareilles lamentations parvenoient à perſuader les matelots & les ſoldats de cet équipage, dans les occaſions importantes, la préſénce d'eſprit, le ſens froid néceſſaire à la manœuvre manqueroient aux uns, & le courage ne fourniroit plus aux autres ces reſſources pour l'attaque & pour la défenſe.

Philoſophes inſtruits, qui connoiſſéz la foibleſſe de l'humanité, qui combinez toutes les traverſes de la vie, animés vos concitoyens,

en

en bons freres, à les fupporter ; adouciff.z-en
les images , & pour les contrebalancer, em-
ployez les plus agréables couleurs, à en peindre les plaifirs , développez tout votre art pour
en multiplier le nombre , & dans ce paffage
de la vie , loin d'épouvanter tout l'équipage
du vaiffeau où vous êtes : pour le bonheur de
votre propre navigation, & pour arriver plus
fûrement au port, diminuez de votre mieux,
écartez, s'il eft poffible, toutes ces funeftes idées
de tempêtes, de rochers & de corfaires, n'en
réfervez que ce qui doit en refter à la prudence.

L'homme n'eft pas fait, fans doute, pour   L'homme.
jouir dans cette vie d'un bonheur accompli &
permanent ; on le répéte encore, c'eft un paf-
fager qui parcourt des mers fujettes à des orages, mais il y a des jours fereins : s'il s'y trouve des écueils on peut les éviter, & il eft des
moyens d'échapper aux corfaires qu'on y ren-
contre, ou de les vaincre.

L'Etre fuprême a rempli le vaiffeau de ce
voyageur de tout ce qui peut lui rendre fa navigation agréable, il y a répandu l'abondance ;
à une jouiffance raifonnable, il a attaché un
degré de plaifir qui fe reproduit journellement, en fe variant, fans s'altérer ; & les tems
les plus orageux ne font pas toujours fuivis du
naufrage.   G

Pour examiner avec ordre les différentes affections de l'homme qui produisent à son individu de la peine & du plaisir, dans sa vie physique & morale, on peut distinguer en lui trois puissances actives & passives qui le livrent au bien & au mal.

Ces trois moteurs bien distincts, sont les *sens*, l'*esprit* & l'*ame*. Cette division paroît se prêter naturellement à ce qu'on prétend détailler dans ce Discours, pour présenter la vie humaine de son beau côté, & engager tout homme à y tenir ; autant que la Providence voudra bien l'y conserver.

Plaisirs des Sens.

Les organes de nos sens nous fournissent des plaisirs physiques, avant même que notre esprit & notre ame concourent de tous leurs moyens à nous les rendre aussi vifs qu'ils peuvent le devenir par leurs facultés réunies.

Les plaisirs de l'enfance. Dès l'enfance une intéressante curiosité répand sur tous les objets un charme si séducteur, que le desir de les posséder, encore confondu avec le plaisir de les voir, enchante un enfant qui n'a point assez d'yeux ni assez de mains pour caractériser toute sa joie. L'objet dont il

espere la possession, excite en lui un agréable
sourire avant même de le posséder ; tient-il cet
objet ? son plaisir dure encore jusqu'à ce qu'il
ait usé en quelque sorte toute sa curiosité sur
chacune de ses parties ; est-il au bout de cette
jouissance ? un autre objet vient se présenter
bientôt pour lui procurer d'autres plaisirs.

Si, par quelque raison, on ne veut point livrer à cet enfant la chose qu'il desire, le petit
chagrin qu'il en ressent dans le moment est un
garant sûr du plaisir qu'on lui ménage dans l'a-
venir, quand il sera libre de posséder ce qu'on
lui refuse alors.

Avec quelle proportion admirable la nature
ne nous a-t-elle pas ménagé nos sensations
dans les différens âges de notre vie ! une pom-
me d'api, une dragée, une rose, un bout de
ruban, donnés à un enfant, ne sont-ils pas
pour lui la source d'autant de satisfaction, que
seroient à une personne âgée un verger abon-
dant, un dessert le mieux garni de sucreries,
un parterre le mieux émaillé de fleurs, & le
ruban de l'ordre le plus distingué ? Cet enfant
qui n'a rien à lui, qui ne sçait pas même ce
que c'est que la propriété, commence à la connoître, à se familiariser avec elle, & il est
déjà heureux de la plus petite chose qu'on

lui donne, sans sçavoir encore ce que c'est que bonheur.

Plaisirs de l'adolescence.

A proportion qu'il grandit la force de ses sensations augmente, elles s'étendent sur plus d'objets, en multipliant ses plaisirs. Devenu plus agile, il acquiert plus de liberté; les moyens de satisfaire ses petites fantaisies lui sont confiés en plus grand nombre; il sent le bonheur de grandir, accompagné de celui d'être plus capable de contenter des desirs toujours nouveaux, toujours reproduits & toujours augmentés.

Six pommes d'api dans la poche d'un écolier, six dragées, le rendent en proportion aussi heureux qu'il l'étoit enfant avec une seule de ces choses.

Les plaisirs de l'homme formé.

Quand cet écolier est devenu un homme, & que ses sens ont acquis toute leur force, sans abuser des moyens de se satisfaire, & à ne borner sa satisfaction qu'aux seuls besoins de la nature, quel plaisir journalier de diminuer par

La faim.
La soif.

degré un mouvement de faim bien décidé, & d'éteindre doucement l'ardeur d'une soif brûlante! Les plus grossiers alimens, la boisson la plus commune, n'ont pas même le défaut de voiler au gosier du malheureux le plaisir que la nature lui a ménagé. Il semble au con-

traire que cette nature équitable a voulu dédommager l'homme pauvre de la frugalité à
laquelle son fort le réduit, en lui procurant
une vivacité d'appétit inconnue au riche, comme une juste récompense de la sobriété & du
travail.

Ce réparateur nocturne & périodique, qui
semble suspendre notre faculté de vivre, le
sommeil, n'est-il pas un plaisir? Le baume Le sommeil,
agréable qu'il fait filtrer dans nos veines pour
rétablir les forces épuisées de nos ressorts, n'est
pas si imperceptible, que par intervalle nous
ne sentions tout le bien qu'il prépare à notre
machine pour le lendemain. C'est une espece
de régénération continuelle, & doucement pra-
tiquée, pour laquelle, si nous tombons dans
l'oubli de nous-même, ce n'est qu'avec le desir
de nous livrer à une puissance qui n'exerce son
empire sur nous, que pour nous reproduire
plus vigoureux & plus prêts à goûter de nouveaux plaisirs.

Cette conseillere fatale qui, par le dérange- La maladie,
ment décidé qu'elle porte dans nos ressorts,
avertit l'homme que son corps n'est point im-
mortel, la maladie, n'a-t-elle pas ses moyens
de satisfaction & de plaisirs? Si elle nous mene
à notre fin, tel que notre ame immortelle doit

y arriver ; elle couronne notre premiere exiſtence d'un bonheur éternel ; & ſi elle n'eſt qu'un nuage qui doit obſcurcir pour quelque tems ſeulement les jours de notre vie, quels plaiſirs nouveaux la convaleſcence ne nous fait-elle pas ſentir ? Nous nous voyons renaître, tout nous reparoît plus fait pour nous intéreſſer , & tous les objets agréables reprennent ſur nous une force de volupté plus ſentie.

La convaleſcence.

Les degrés les plus importuns du froid & du chaud, ne ſont-ils pas toujours ſuivis du plaiſir que l'on reſſent quand cette importunité ceſſe ? Et toute douleur en général, n'a-t-elle pas l'art de nous amener , après elle , cette douce ſatisfaction de ne la plus ſentir ?

Le froid & le chaud.

N'en doutons point , la douleur , la privation des objets de nos plaiſirs , enfin tout ce qui enfante le deſir , voilà les ombres néceſſaires au tableau de notre vie, voilà ce qui en fait plus ſentir les charmes, en écarte la monotonie, & cette ſourde langueur inſéparable d'une continuité de bonheur & de plaiſirs trop ſuivis.

La douleur.

C'eſt par toutes les jouiſſances des plaiſirs de nos ſens, directs par eux-mêmes , ou indirects par la privation de la douleur que l'homme tient à la vie , qu'il eſt fait pour l'aimer , qu'il l'aime , & qu'il la perd toujours avec regret.

Si , comme dit Seneque , il n'y a qu'une porte pour entrer dans cette vie, & mille pour en fortir, comment l'homme réfifteroit-il volontairement à la facilité de fortir de cette vie par une de ces portes, s'il ne fentoit que des maux journaliers, comme nos moraliftes attrabilaires veulent nous le perfuader? pourquoi, fi malheureux, employeroit-il tant de foins pour conferver des jours qui ne feroient confacrés qu'à la douleur , aux peines & aux chagrins?

La Religion, fans doute, comme une mere confolante , viendroit à fon fecours pour lui apprendre que dans la vue d'un bonheur éternel, il eft né pour fouffrir ici-bas , & qu'il n'eft pas maître de difpofer de fon exiftence; cette divine leçon a tous fes droits fur une ame vertueufe : mais un malheureux coupable , convaincu d'un crime , condamné à la mort, dont il a déjà éprouvé toute la cruauté dans les détails combinés d'une affreufe torture, ce malheureux deshonoré au moral, mutilé au phyfique , fans autre reffource que de retourner à des maux dont le fupplice qui l'attend va le débarraffer , quelle raifon auroit-il denier fon crime, comme on le voit fi fouvent, pour tâcher de fe fouftraire à une mort qu'il

L'attachement à la vie.

G iv

a mérité, & qu'il devroit defirer, fi ce charme féduifant de la vie ne parloit point encore à fes fens tout flétris qu'ils font déjà?

Il faut donc convenir, en confultant en général l'homme lui-même, fur le fort de l'homme, que, dans le nombre & la qualité des plaifirs & des peines qui réfultent des diverfes opérations de nos fens, la fomme des plaifirs l'emporte fur celle des peines, puifqu'on voit le plus malheureux des hommes craindre encore de perdre la vie, ou n'avoir pas la force de s'en débarraffer, fans même que ce foit la religion qui lui infpire ce refpect pour fon exiftence.

Sans m'étendre au-delà du cercle des plaifirs que la nature fournit à nos fens avec libéralité, quels tableaux agréables & variés à l'infini ne ferois-je pas de ces plaifirs, fi je voulois entrer dans les détails?

L'ouïe. De quelle fenfation puiffante l'oreille n'eft-elle pas chatouillée par une voix brillante & mélodieufe, qui pénétre l'ame de fes fons attendriffans, ou qui l'égaie par la plus féduifante variété!

L'odorat. Quel plaifir un jardin parfumé de mille fleurs ne procure-t-il pas à l'odorat, au lever de l'aurore ou fur le déclin d'un beau jour?

Quel enchantement pour les yeux que le **La vue**
mélange de toutes ces couleurs foutenues, en-
tourées & couronnées de cette agréable ver-
dure qui , en rafraîchiffant la vue , lui redonne
de nouvelles forces pour lui ménager de nouveaux plaifirs !

Quelle variété de goût tous ces diffé- **Le goût.**
rens fruits dont le regne de chacun fe fuccede
avec profufion, ne produifent - ils pas à l'or-
gane favorifé de cette jouiffance !

Que ne dirois-je pas enfin du toucher , fi je **Le toucher,**
ne craignois de peindre foiblement les ta-
bleaux de tous fes plaifirs plus faits pour être
fentis que pour être racontés ! fi je les expri-
mois d'un pinceau trop vrai, j'aurois à craindre
de faire envoler , par le fouffle empreffé du
plaifir , le voile de la pudeur, qui lui-même
y contribue fi adroitement ; la brûlante volupté
de ce fens que l'ame peut contenir à peine,
me forceroit fans doute à rendre ce voile trop
clair & trop léger : je remets , fur ces objets,
mes pinceaux entre les mains des amans favorifés , & des époux heureux.

Je finirai cet article des fens en me fervant,
pour récapituler les plaifirs qu'ils nous procurent, d'une petite Piece de vers qui m'a femblé
s'accorder à mon fujet ; & je dirai comme elle :

Tout est charmant dans la nature
　　Pour qui sçait en jouir,
　　Tout nous assure
Qu'elle est la mere du plaisir.
Du Dieu d'amour elle souffle les flammes.
　　Par cinq canaux divers
Elle fait filtrer dans nos ames
Les trésors variés de ce riche univers.
　Jouissons, profitons de la vie
　　　Sans envie,
　　　De la santé,
　　　De la gaîté,
　　Tout est volupté.

PLAISIRS DE L'ESPRIT.

Bornés aux seules facultés de leurs sens, &
n'étant déterminés à leurs actions que dans le
cercle étroit des sensations qui en résultent,
les animaux, sans doute, sont sujets à moins
d'écarts dans leur jouissance; un instinct très-
limité dans le petit nombre des objets qu'il
embrasse, & qui, par cette raison, trompe
plus rarement ces êtres, est le seul moteur qui
les fait agir.... De-là certains raisonneurs les
croient plus heureux que l'homme.

Ils paroîtront peut-être n'avoir pas si grand
tort, quand ils voudront n'examiner l'homme,
cet être surprenant, que dans les momens où
il abuse de son esprit & de sa raison, mais

n'est-ce pas le plaisir même, quoique pernicieux dans ses abus, qui en est la cause?

Ces adroits sophistes croient-ils assez prouver le malheur de l'homme, en établissant que, livré sans réflexion à la grossiéreté de leurs sens, il ne retrouve après cette ivresse, quand il veut rappeller sa raison à son secours, qu'une maîtresse irritée de sa conduite, ou une foible complice de ses égaremens?

L'idée qu'ils se forment de cette révolution est fausse. Quoi! faut-il croire l'homme plus malheureux que la bête, parce qu'il ne veut pas mettre en œuvre, pendant certains tems, tous les moyens qu'il a au-dessus d'elle, pour être plus certainement heureux, & multiplier ces plaisirs en les ennoblissant?

Quoi! parce qu'un animal quelconque, du milieu d'un jardin délicieux ira, par un aveuglement volontaire, se précipiter dans un étang dont la beauté de l'eau l'aura séduit, mais dont le fond se trouvera fangeux, où cependant il aura cru être plus content que dans le jardin même; faut-il s'imaginer que cet animal, ayant la faculté de sortir de ce précipice séduisant, ne pourra pas se trouver avec un nouveau plaisir dans ce lieu de délices? Il y rentrera avec d'autant plus de satisfaction que la privation, pendant quelques inftans , & la force de la comparaifon , lui en feront mieux fentir tout le prix.

La liberté dont l'homme jouit quand il profite de tous les avantages de fon exiftence, n'eft-elle pas la premiere bafe du bonheur de tout être créé? & ne fentira-t-on jamais la ridicule injuftice de comparer les plaifirs de l'homme à ceux des bêtes , pour en tirer l'abfurde conféquence que ce roi des animaux eft plus malheureux que fes fujets ? A le prendre dans l'état le moins heureux , où , dominé par fes paffions, il s'expofe à tous les orages qu'elles amaffent fur fa tête, du fein des tempêtes auxquelles il veut bien fe livrer , n'eft-il pas encore environné de plaifirs ; ils font dangereux , il eft vrai , pour la continuité de fon bonheur dans cette vie, & le menaçent de faire tomber de fes mains la palme enchantereffe qu'elles ont tenue pendant quelques années d'innocence ; mais enfin c'eft toujours le plaifir qui le féduit, il eft heureux tant que fa féduction dure , & quand elle ceffe , des plaifirs plus folides, plus fentis , quoique plus fimples, ne viennent-ils pas le dédommager avec ufure de tous ceux qu'il avoit indifcrétement goûté jufqu'alors ? C'eft donc par le plaifir que l'homme eſt trompé, & c'eſt le plaiſir qui le détrompe.

De quel plaiſir un homme n'a-t-il pas joui quand ſa vanité ſatisfaite a vu porter le vol de ſon ambition juſqu'au ſommet des grandeurs ? Qu'une révolution imprévue & précipitée le plonge dans l'état de la plus ſimple médiocrité, on le regarde alors comme un être malheureux : quelle erreur !

S'il ſçait employer, comme il le peut, toutes les reſſources de ſon exiſtence, quels nouveaux plaiſirs ne viendront pas le conſoler de ſa diſgrace, pour lui en faire un bonheur dans ſa retraite, toute forcée qu'elle ſera ?

Qu'il travaille à la paix de ſon cœur par l'entremiſe de ſon eſprit, & bientôt cet eſprit lui développera tous les moyens qu'il a d'être encore plus heureux qu'il n'étoit dans ſa haute fortune.

C'eſt alors que pour ſentir de nouveaux plaiſirs dans l'inſtant même où il étoit déjà blaſé ſur tous ceux qu'il a connus, ſon eſprit, vif interprete de ſa raiſon, lui découvrira un nouvel horizon de jouiſſances dont il regrettera dans peu de n'avoir pas plutôt goûté les charmes ; qu'il ſe cherche dans lui-même, & il ſe trouvera identifié avec des conſolateurs ineſtimables.

L'imagina-
tion.

Qu'il jouiſſe à ſon gré de ſon imagination, cette opticienne ingénieuſe lui préſentera par les effets de ſa lanterne magique une collection inépuiſable de tableaux variés & combinés à l'infini.

Le juge-
ment.

Qu'il ſente le mérite de ſon jugement, ce juſte appréciateur des objets les plus contraſtés & les plus trompeurs : quel plaiſir n'aura-t-il pas de ſe livrer tout entier à cet ami ſincere de l'homme, de le regarder comme le reſpectable conſeiller de notre raiſon, qui, après des délibérations toujours éclairées, ne prononce que des arrêts équitables, ſcellés du ſceau de la vérité même. Il reconnoîtra avec une vive ſatisfaction que ce jugement ne porte ſes remontrances juſqu'au pied du trône de notre volonté, que pour empêcher qu'elle ne ſoit ſéduite par les flatteries journalieres de nos ſens, ou égarée par le vol ambitieux de notre eſprit, ou enfin ſubjuguée par les deſpotiques affections de notre ame.

La mémoire.

A ce diſgracié devenu raiſonnable, quelle riche variété d'amuſemens la mémoire ne fournira-t-elle pas ? Pourra-t-il admirer ſans un vrai plaiſir, l'agréable emploi qu'il fera de cette prompte & préciſe réproductrice des événemens les plus reculés, elle qui ſçait affecter encore le cœur & l'efprit de nos jouiffances paffées pour nous en retracer le bonheur & augmenter le nombre de nos plaifirs préfens ? Quelle reffource ne trouvera-t-il pas dans cette libérale gardienne d'une bibliothéque portative & toujours ouverte à fon efprit ? Qu'il la mette en œuvre, alors, ce meuble divin, fi j'ofe m'exprimer ainfi, fervira à fon jugement d'une commode miraculeufement compofée d'autant de tiroirs qu'il lui plaira de renfermer de chofes différentes, & qu'il aura la faculté de tirer & de repouffer féparément, felon qu'il voudra faire ufage des richeffes contenues dans chacun d'eux.

Avec toutes ces brillantes facultés de l'efprit, fource de tant de plaifirs, peut-on encore regarder l'homme comme un être malheureux, & doit-on s'étonner que des jouiffances fi précieufes foient autant de liens qui l'attachent à la vie, fans même qu'il fe doute d'où vient cet attachement ?

Mais, me dira-t-on, toutes ces facultés féduifantes de l'efprit ne font bien fenties que par un petit nombre d'hommes favorifés d'une heureufe organifation, ou d'une éducation diftinguée, & l'efprit dans le degré où il doit être, pour produire à l'homme les plaifirs qui

peuvent réfulter de ces différentes modifications, eft un préfent fi rare, qu'il ne peut pas
faire une preuve générale du bonheur de
l'homme.

Qu'on me cite l'homme le plus favorifé de
cette brillante faculté, comme celui qui a le
plus fenti le plaifir d'exifter en fe livrant à
tous les charmes de fon efprit, je veux même
que par des ouvrages couronnés de fuccès, il
ait triomphé des fifflemens impuiffans des fer-
pens de l'envie ; il n'en eft pas moins vrai
que tous les hommes n'ont pas befoin de ce
haut degré de gloire & de lumieres pour jouir
du même plaifir.

L'ignorance.　Ne nous y trompons point, proportion gardée, avec l'étendue de fon efprit, chacun
trouve du plaifir à en jouir; un jeune amou-
reux d'un efprit médiocre a autant de plaifir,
dans cette proportion, à faire une fade élégie,
ou un mauvais couplet de chanfon à fa maî-
treffe, que M. de Voltaire en a eu peut-être
à faire fa Henriade.

Le plaifir de l'efprit eft en nous, indépendant de celui qu'il peut nous faire procurer
aux autres. Dans tout homme, quand le defir
de mettre en œuvre, de jouir de fa portion
d'efprit, quelque limitée qu'elle foit, n'excede

pas

pas ce que cette portion lui promet de plaifirs, il eft content, l'amour-propre, ingénieux
à le tromper, acheve de l'aveugler fur la foibleffe de fes productions pour fon bonheur
même. En général la fage nature mefure fur
nos facultés l'étendue de notre defir, & nous
ménage ainfi les moyens du plaifir.

Un payfan eft auffi content de fon potager *La médio-*
mal peigné, qui ne lui produit que des choux *crité de for-*
tune.
& des légumes les plus communs, que l'eft
un riche Financier qui raffemble dans le fien,
entre les dimenfions fymmétriques de faftueux
treillages, les productions les plus agréables
& les plus rares.

L'amour-propre de l'artifan le plus groffier, *La médio-*
n'eft pas moins fatisfait d'avoir fini fon ou- *crité de ta-*
lens.
vrage, felon qu'il l'a projetté, que l'artifte le
plus ingénieux peut l'être en achevant un chef-
d'œuvre. Tel eft l'efprit de l'homme en général : pour que le plaifir qu'il doit produire fur
la terre s'étende depuis le fceptre jufqu'à la
houlette, l'Etre fuprême n'a point établi d'exclufion, ni de préférence bien marquée entre
les êtres qu'il a univerfellement favorifé de
fes douceurs.

En vain l'homme le plus éclairé qui aura *La fcience*
enrichi une conception aifée de tout ce que la *comparée à*
l'ignorance.

H

science a pu lui procurer de forces étrangeres, prétendra-t-il avoir par-là plus de droit au bonheur de l'esprit que l'ignorant ; il rabattra de son orgueil scientifique , quand il voudra bien penser que s'il parvenoit un jour à tout sçavoir , il envieroit à l'ignorant même le plaisir qui lui seroit réservé , de s'instruire & d'amuser son esprit par le développement d'objets inconnus , source agréable de nouvelles idées.

La briéveté de la vie. D'où il s'ensuit que l'homme ne doit point se plaindre de la briéveté de sa vie, puisque s'il existoit assez de tems pour tout sçavoir , & qu'il vécût par-delà, les idées perdant leurs moyens d'extension, perdroient en même tems la jouissance de ce charme que la curiosité fait sentir à proportion qu'elle se satisfait ; sa vie lui deviendroit monotone, ennuyeuse, & il finiroit par desirer de redevenir ignorant, pour joüir une seconde fois du plaisir d'apprendre. L'esprit est donc un présent de la nature donné à l'homme de toute espece, pour l'amuser & l'intéresser agréablement ici-bas pendant qu'il existe ; ce présent l'attache continuellement à la vie, sans même qu'il en tire tout le parti qu'il pourroit en tirer. Cette faculté de l'homme, quelque assoupie qu'elle paroisse en lui, est toujours prête à se réveiller, s'il veut la mettre en exercice ; alors elle lui procurera de nouveaux plaisirs.

Examinons avec un juste coup d'œil, parti d'un point certain de réunion, les plaisirs qui résultent journellement, à chaque instant même, & à notre volonté, de cette triple machine qui modifie notre esprit, la mémoire, l'imagination & le jugement, & rendons justice au bonheur qui résulte de leur jouissance.

En mettant en action ces trois facultés qui La solitude. concourent ensemble si heureusement, pour varier les plaisirs de l'esprit ; quelle satisfaction ne procurent-elles pas à un homme seul qui veut les mettre en usage en se suffisant à lui-même ?

Alors cette triple façon de jouir se confond dans l'existence de l'homme en quelque sorte, pour procurer plus de force à sa jouissance ; ce font en lui trois interlocuteurs qui n'en font qu'un, pour qu'il paroisse plus agréable & mieux senti. Tous les objets peuvent être cités au tribunal de ses réflexions pour multiplier Les réflexions. ses plaisirs sans les confondre ; tous les événemens passés, présens & à venir, peuvent y être détaillés, comparés & appréciés avec une justesse & une variété admirable, sans autre secours que sa propre volonté.

H ij

L'homme eſt-il fatigué de ſe conſulter tout ſeul, veut-il admettre dans ſon conſeil privé d'autres avocats conſultans ? quelle reſſource La lecture. ne trouve-t-il pas dans la lecture ? quels agrémens ne tire-t-il pas de cette cauſeuſe diſcrette & obéiſſante, qui lui parle de tout ce qu'il veut ; auſſi long-tems qu'il le lui ordonne, & qui ſe tait quand il lui plaît.

Cette dépoſitaire variée de l'eſprit des morts & des vivans, ſuffiroit ſeule pour rendre la vie agréable, ſi la vie ne nous offroit qu'elle pour toute compagnie.

Quand cette compagne ſilencieuſe paroît avoir dit trop de choſes à notre eſprit, & que la rapidité de ſon diſcours a enrichi notre intelligence juſqu'à lui faire ſentir qu'elle eſt ſurchargée de ſes préſens, quelle ſéduiſante carLa parole. riere n'ouvre pas la parole à notre amour-propre, en communiquant aux autres les fruits que nous avons tirés de nos réflexions & de notre lecture ? à quel plaiſir peut-on comparer la ſatisfaction intérieure de raconter un fait intéreſſant, de porter, par ſon récit, juſques dans l'ame de ceux qui nous écoutent, la même chaleur d'intérêt que ce fait, dans l'inſtant de ſon action, a pu produire ?

Du ſein du plus grand ſérieux ne faiſons-nous pas jaillir le feu de la plaisanterie, qui enflamme d'une seule étincelle l'esprit qui la saifit, comme un froid caillou frappé de l'acier, lance les particules de la matiere ignée qu'il renferme, & la communique à la matiere combustible qu'on lui présente ?

Quelle jouiffance intéreffante la sublime & *L'éloquence.* tendre éloquence ne produit-elle pas à l'esprit de celui qui l'emploie affez adroitement, pour pénétrer le cœur de ses auditeurs par des tableaux touchans qu'il nuance avec art, & qui, par les différens degrés de l'attendriffement, les conduifent, avec plaifir, jufqu'à de douces larmes ?

Mais quand l'esprit, plus actif, defire d'en- *La conver-* trer en lice, & de mefurer ses forces dans le *fation.* champ de bataille, fans limites, de la converfation ; quand il veut employer les armes du raifonnement, aiguifées par le choc contradictoire de ses idées avec celles des autres, quels plaifirs ne fourniffent pas les productions précipitées, abondantes & inattendues d'un vif dialogue ! Quelle fatisfaction pour un esprit jufte d'acquérir dans ce combat de nouvelles lumieres, ou d'en répandre fur l'esprit de ceux qui l'environnent ?

D'après toutes ces agréables & furprenantes

opérations de l'efprit, oferons-nous encore
penfer que l'homme foit plus expofé dans fa
vie à être malheureux que les animaux ? Il
faut, pour que cela foit vraifemblable, qu'il
abufe lui-même volontairement des tréfors
qu'il trouve en lui ; alors c'eft un forcené qui
verfe du poifon fur les fubftances les plus dé-
licieufes , c'eft un ingrat révolté contre les
précieux dons de fon créateur : il devient le
propre deftructeur de fa nature ; & en tour-
nant contre fon être tant de bienfaits , pour fe
former l'injufte droit de méprifer fon exiftence, il fe rend plus coupable que celui qui,
abandonné par fon courage , porte fur lui-
même une main homicide , conduite par le
plus lâche & le plus furieux des égaremens.

> Homme ! l'efprit, ce don fi précieux,
>   Eft-il fait pour ce trifte ufage ?
> Et quand il doit te rendre heureux & fage,
> Eft-il fait pour te rendre à toi-même odieux ?
> Eft-ce donc là le vœu de ta noble exiftence ?
>   Eft-ce le but de ton divin auteur ?
> Examine ton être & toute fa puiffance,
>   Tu retrouveras le bonheur.

PLAISIRS DE L'AME.

L'Etre fuprême, en nous formant au-deffus
des animaux , a trouvé que c'étoit peu de nous

diftinguer d'eux par une conformation de corps différente, & qui, plus artiftement organifée, leur en impofe en général. Il ne s'eft pas contenté de joindre dans l'homme, à des fenfations plus variées, plus délicates ou plus vives, felon la nature des objets qui les produifent, des moyens de multiplier ces fenfations, de les embellir, de les ennoblir même en quelque façon, par les différentes opérations de fon efprit, qui fçait mettre en œuvre fi ingénieufement toutes les articulations de fon corps.

Pour que l'homme fût fait pour mieux jouir de tous les plaifirs qui peuvent provenir de la nature, fi abondante en bienfaits, & de l'art fi précieux à cet être favorifé, puifqu'il eft lui-même l'artifan des objets de fa jouiffance, le Créateur lui a donné encore, au-deffus des animaux, une faculté divine de fentir cette jouiffance, & d'en faire fon bonheur.

L'ame, fubftance fpirituelle & indivifible de cet être créé, eft en lui un rayon de la Divinité même.

En vain le Matérialifte ingrat & inconféquent, veut-il employer les fublimes facultés de cette fubftance, à la détruire elle-même : les raifonnemens qu'il fait pour y parvenir,

tous faux qu'ils font dans leurs principes &
dans leurs conféquences, fervent contre lui à
prouver qu'il eft impoffible que ce foit les
feules facultés de la matiere qui puiffent fournir les moyens de perfuader le matérialifme ;
plus il viendroit à bout d'établir la vérité de
fon fyftême, fi cela étoit poffible, plus il prou-
veroit par fon fuccès même, l'exiftence de fon
ame & fa fpiritualité.

Ce matérialifte aveuglé dans fes raifonnemens, en refufant d'avouer que Dieu a enrichi fon être de cette fubftance fpirituelle au-
deffus des animaux, & en voulant toujours
attribuer fes opérations à la matiere, feroit
encore plus déraifonnable & plus injufte, fi
l'on me permet la comparaifon, qu'une montre à répétition bien finie, qui nieroit à l'Hor-
loger, fon auteur, de l'avoir rendue un ouvrage plus ingénieux & plus achevé qu'un
groffier tournebroche.

Comme mon but n'eft point de prouver la
fpiritualité de l'ame, affez démontrée par fes
propres facultés, & que je me fixe à ne la préfenter que fous le point de vue d'où elle contribue aux plaifirs par fes différentes affections,
je me renfermerai dans les bornes de la carriere que je me fuis prefcrite. Je tâcherai même

d'être le moins abftrait qu'il me fera poffible dans mes définitions & dans mes conféquences.

Je me bornerai donc à ne regarder l'ame que comme une faculté intérieure de fentimens, réfultans des idées que les objets extérieurs produifent fur toute notre exiftence, & des actions auxquelles elle nous détermine ; tout cela par l'entremife de nos fens, & par les opérations féparées ou combinées des différentes modifications de notre efprit.

De l'oppofition des fentimens qui affectent notre ame, où livrée, malgré elle, aux peines intérieures que lui caufe le crime par la voix terrible du remord, où engagée aux plaifirs fecrets que lui procure la vertu par la douce fatisfaction qu'elle imprime en nous, je tirerai cette confolante & fûre conféquence que le vœu de la nature, dans l'homme, eft qu'il foit bon, humain, complaifant, généreux, enclin à la vertu, ennemi du vice ; enfin tel qu'un être doué des qualités qui le conftituent, doit fe trouver, pour goûter le bonheur d'être & jouir fans danger de tous les plaifirs dont il eft fufceptible.

Au-delà des plaifirs que nos fenfations procurent à l'ame par la connexité qui fe trouve entr'elle & nos fens, elle a fes plaifirs à part qui font à elle, qui ne dépen-

dent que d'elle, qui la caractérife une fubftance fpirituelle, & qui, dans fes momens de
jouiffance les plus eftimables, eft indépen-
dante & au deffus des impreffions que font fur
elle, dans d'autres momens, les objets groffiers
& matériels.

En vain les Matérialiftes prétendent-ils faire
dériver de nos fens toutes les affections de
notre ame, pour en diminuer la puiffance & la
faire dépendre de leurs opérations méchani-
Le cœur. ques, le plaifir eft pour notre cœur le plus puiffant attrait ; mais qu'il s'en faut que le cœur
qui aime, foit le vifcere qui porte ce nom, ce
vifcere eft une partie de la machine corpo-
relle, ni le plaifir, ni l'amour du plaifir ne
peuvent modifier une partie matérielle ; ainfi
quand on dit que le cœur aime, c'eft l'ame
qu'il faut toujours entendre.

Le defir en Pour rendre à cette ame tous les attributs
général. d'une fubftance fpirituelle, examinons d'a-
bord ce que c'eft que le defir, fur quels objets
il étend fes vues, & nous trouverons qu'il
exerce nos paffions fur quantité de ces objets,
qui n'ont aucun rapport à la matiere.

Les fens ont leur façon de defirer relative à
leurs facultés ; l'ame a la fienne relativement
auffi à la nature de fa fubftance fpirituelle.

Le defir des fens eft un appétit forcé, ex- Defir des fens.
cité par la vue ou la privation d'objets matériels, dont la jouiffance eft néceffaire aux jeux
méchaniques de ces mêmes fens.

Le defir de l'ame eft une inquiétude que Defir de l'ame.
l'ame reffent pour une chofe abfente, qu'elle
fe repréfente comme avantageufe, & dont l'af-
feétion eft de fon reffort.

La faim, la foif, le froid, le chaud, la Les fujets des defirs des fens.
laffitude, &c. voilà les fujets par lefquels les
defirs des fens font reproduits, & tous les objets qui peuvent changer ces defirs en plaifirs,
par leur puiffance, font matériels.

Les affeétions de l'ame au contraire, fource Les fujets des defirs de l'ame.
des defirs qui lui font propres, ne font-elles
pas indépendantes des fens ? L'efpérance, l'a-
mitié, l'amour, la fageffe, la vertu, la gloire,
l'amour-propre, la haine, la vengeance, &c.
voilà les paffions de l'ame, voilà les fujets de
fes plaifirs, tous indépendans de la matiere,
& incapables d'affeéter une fubftance pure-
ment matérielle.

Dans tous ces fujets de defirs, quelle variété ! quelle multitude de plaifirs notre ame
ne trouvera-t-elle pas à joindre, pour fon propre
compte, à tous ceux qui lui viennent de nos
fens ?

L'efpérance.

L'efpérance, cette amie ingénieufe qui perfuade fi éloquemment notre efprit pour tranquillifer notre ame, n'eft-elle pas une fource intariffable de fatisfaction & de plaifirs ? Cette confolatrice infatigable affecte l'ame fouvent plus délicieufement que l'actuelle jouiffance ; eft-elle trompée dans fes points de vues ? auffi-tôt elle y fupplée par d'autres ; rarement l'expérience qu'elle fait de fes erreurs la décourage ; elle charme, par fes illufions, les ennuis du malheureux ; elle fait enforte qu'il fixe des termes à fes maux : ce terme paffe-t-il ? elle en fixe un autre : la crédule eft-elle encore trompée ? n'importe, on continue d'efpérer, & on jouit de ce plaifir.

L'amitié.

L'amitié, ce doux fentiment de l'ame, ne lui offre-t-il pas les plaifirs les plus purs ? tout en elle eft ame & jouiffance ; ce n'eft que pour augmenter fes charmes que le tems, ce deftructeur continuel, emploie l'empire qu'il a fur toute la nature. Ce fentiment feul, détaché de la groffiere jouiffance des fens, fuffiroit pour rendre l'homme heureux, en prouvant la fpiritualité de fon ame.

L'amour.

Les chaînes du véritable amour, fi décriées par l'abus qu'on en fait, ne nous lient-elles pas elles-mêmes aux plaifirs les plus fpiri-

tuels de l'ame, quand c'eſt l'ame qui ſe livre
au pouvoir qu'il a ſur nous?

En vain, pour dégrader la puiſſance de cet
agréable pere de toute la nature, voudra t-on
me préſenter ici à ſa place ce faux amour,
inſtinct groſſier qui ne trouve ſa force, bientôt
épuiſée, que dans la brutalité des ſens? Ce
n'eſt point dans les bras d'une maîtreſſe co-
quette, intéreſſée, & ſans pudeur, que l'on
trouvera cet amour, digne paſſion d'une belle
ame, on ne le trouvera que dans les bras d'une
épouſe ſincere, tendre & vertueuſe; c'eſt là
que ſon bandeau devient un diadême; c'eſt
là qu'il regne ſans ſe cacher, & qu'il dédom-
mage l'homme de toutes ſes peines par des
plaiſirs que l'ame ſeule peut ſentir, & que
l'eſprit ne ſçait exprimer qu'imparfaitement.

Le Créateur ne s'eſt pas contenté de conſti-
tuer l'homme avec une ame ſuſceptible des
doux plaiſirs de l'amitié & des vives impreſſions de l'amour, il a voulu lui en procurer
de plus indépendans des objets extérieurs, &
c'eſt en lui inſpirant de s'aimer lui-même,
qu'il a étendu ſes jouiſſances ſur chaque inſtant de ſa vie. Quels plaiſirs ne reſſentons-
nous pas de cette douce complaiſance que font
maître les idées avantageuſes que l'on ſe forme

de son propre être, & que l'on appelle amour-propre, retour si plein de charmes qui nous fait rapporter tout à notre félicité.

La bienfai-
sance & la re-
connoissan-
ce. Quels mouvemens de l'ame plus détachés des sens, que ceux de la bienfaisance & de la reconnoissance?

Le premier de ces sentimens qui font tant d'honneur à l'humanité, éleve l'ame du bien-faiteur, en versant le bonheur dans l'ame de celui qui reçoit le bienfait.

Si le bienfaiteur est connu de la personne qu'il oblige, un double plaisir se fait sentir à l'un & à l'autre; c'est une douce chaîne qui lie à la plus tendre amitié deux cœurs également contents, qui, dans les actions différentes de donner & de recevoir, se disputent l'avan-tage, à la gloire de tous deux. Si le bienfait part d'une ame assez délicate pour vouloir être ignorée, quelle sublime satisfaction pour ce bienfaiteur anonyme de pouvoir se dire in-térieurement: « J'ai obligé mon égal sans avoir » eu besoin de me ménager sur lui cet avan-» tage que l'amour-propre cherche dans le » tribut, peut-être embarrassant, de la recon-» noissance; ma main est celle de la Provi-» dence qui fait connoître l'intérêt qu'elle » veut bien prendre à la personne que j'ai

» obligé ; j'ai la vertu d'exécuter de mon pro-
» pre mouvement, les bontés de Dieu, comme
» Dieu même, comme il agit quand il donne,
» sans être apperçu ! »

Quel plaisir intéressant ne se répand-il pas
dans l'ame de la personne obligée qui ignore
l'auteur du bienfait ; elle est en droit de trouver, de voir dans chacun de ses amis ce
divin bienfaiteur? Alors, comme un flambeau
allumé peut communiquer sa lumiere à vingt
autres, sans en rien perdre, la jouissance de
l'obligé se multiplie, s'étale, pour ainsi dire,
sur chacune de ces personnes, sans se diviser, &
sans altérer les forces de sa juste reconnoissance ; elle est augmentée au contraire par les
délicieuses recherches de son incertitude : c'est
en trouvant vingt bienfaiteurs pour un, qu'il
n'est jamais embarrassé du véritable.

Outre ces douces affections de l'ame, de
quels moyens la nature ne s'est-elle pas servie
pour multiplier les plaisirs de l'homme? Ceux
qui sont les plus destructeurs de l'humanité,
ont encore pour son ame des charmes inexpri-
mables dans le sein de la destruction même.

Sans avoir besoin, pour le prouver, de dé- La gloire.
tailler ici les plaisirs de la haine & de la vengeance satisfaites, évaluons dans le cœur de

l'homme ceux de la gloire, & nous connoî-
trons que l'âme a ſes plaiſirs à part, oppoſés
même aux plaiſirs des ſens.

Je ne vais parler que de cette gloire frivole, qui occupe la vanité de l'homme, pour
lui en faire une ſource de jouiſſance.

Quel ſpectacle plus affligeant pour la nature ſenſitive, qu'un champ de bataille jonché
de vingt mille ſoldats morts ou mourans !
A cette vue eſt-il un homme qui ne friſſonne
intérieurement ? Cependant ne voit-on pas le
vainqueur qui a préſidé au combat, & tous
les guerriers qui reſtent de i'armée victorieuſe,
peu occupés du triſte état de tant de citoyens
précieux à la patrie, qui ont contribués à la
victoire ſans en profiter, reſſentir toute la
joie que donne les avantages qu'elle procure ?

Conſidérez cet athlete étendu de laſſitude
ſur l'arêne, où il voit ſon antagoniſte expi-
rant de ſes bleſſures ; il eſt épuiſé de force, la
machine de ſon corps n'a preſque plus de
mouvement, tant elle eſt abattue par la fatigue ; malgré cela, que ſa joie eſt grande,
qu'elle eſt vive, qu'elle eſt délicieuſe ! Jugez
d'après elle juſqu'où peuvent s'étendre les
plaiſirs de l'homme.

Mais, pour effacer les triſtes images de ces
plaiſirs,

plaisirs funestes dont notre ame s'accommode, jettons nos yeux sur celles que représentent cette gloire si réelle & si desirable, qui fait l'objet & le terme de l'espérance de l'homme sage & vertueux.

Quoi de plus senti & de plus cher à l'ame, La sagesse. que les plaisirs de la sagesse, plaisirs purs, sans mélange & sans remords ! Ils méritent, par préférence, d'être appellés les plaisirs de l'homme, parce qu'ils sont ceux de la raison.

Plaisirs également nobles & délicieux, vous qu'à jamais on ne goûte sans un doux transport, vous avez été & vous serez toujours les amis des plus grands hommes, en secourant même les moins éclairés.

Un ancien Philosophe qui en avoit fait l'heu- L'étude. reuse expérience, en parle en ces termes : « Ne voyons-nous pas les gens de Lettres, si » charmés de leurs études qu'ils en oublient » leur santé & leurs propres affaires ? Pour se » rendre savans ils n'oublient rien de possible ; » & quelques grands que soient leurs travaux, » ils s'en trouvent dédommagés par le plaisir » qu'ils goûtent en acquérant des lumieres & » de la sagesse. »

Avec quels transports Platon & Aristote ne parlent-ils pas de ces momens délicieux que

I

l'ame donne à la contemplation de la vérité!
A les en croire, c'eſt une vie digne d'être
éternelle, d'être la vie même de Dieu. Comment des plaiſirs ſi purs pourroient ils être,
par l'homme, totalement négligés! Seroit-ce
parce que c'eſt ſon ame ſeule qui peut en
jouir, & les lui faire connoître? il ſeroit bien
cruel à lui-même.

Sans doute on peut uſer des plaiſirs des
ſens, mais ce doit être à titre de beſoins, &
avec la modération que la raiſon preſcrit; s'y
livrer avec excès c'eſt vice, c'eſt brutalité:
La vertu. mais dans les plaiſirs de la ſageſſe & de la vertu, nul excès à craindre, on ne peut être trop
ſage & trop vertueux.

Avec un peu de réflexions, quelle différence ne trouvera-t-on pas dans la façon
dont l'ame jouit de ſes plaiſirs, comparée à
celle des ſens.

La jouiſſance des plaiſirs de l'ame, conduite
par la raiſon, en augmente le deſir; ce ſont
des plaiſirs toujours nouveaux, toujours pi-
quans & plus délicieux; mais pour peu que le
plaiſir des ſens ſoit continué, ou porté à l'excès, ils appeſantiſſent l'ame, ils la dégoûtent,
ils ſe dégoûtent eux-mêmes en perdant leur
action ſenſitive.

Les plaifirs des fens ne font ni de tous les tems, ni de tous les âges, ni de tous les lieux; ils ne font pas toujours en notre pouvoir, mais les plaifirs de l'ame viennent fuppléer à ces obftacles pour notre bonheur.

« Les Lettres, dit Ciceron, & les Vertus » plus que les Lettres, font l'aliment de la » jeuneffe, & la joie de la vieilleffe; elles nous » donnent de l'éclat dans la profpérité, elles » font une reffou ce & une confolation dans » l'adverfité, elles font les délices de la re- » traite fans embarraffer ailleurs; la nuit elles » nous tiennent compagnie, aux champs & » dans nos voyages elles nous fuivent. »

l'amour des Belles-Lettres.

En effet, fans ceffe mille objets divers fe préfentent à ma raifon, Dieu & les créatures, le ciel & la terre, mon propre efprit & mon propre cœur, ce font là, pour moi, autant de livres toujours ouverts; je puis, quand je veux, y puifer la fageffe qui verfera dans mon ame le nectar le plus pur du plaifir.

Que l'homme cherche à unir le plaifir de la fageffe avec ceux de la vertu, qui pourra lui en interdire la jouiffance? Que les élémens, que les hommes, que fon propre corps fe ré- volte contre lui, la pratique de la vertu en fera plus difficile, j'en conviens, mais auffi plus le

I ij

combat eſt rude, plus la couronne eſt brillante. Se vaincre ſoi-même c'eſt plus que remporter des victoires ſur des nations conjurées, & renverſer les plus redoutables fortereſſes.

Les plaiſirs de la ſageſſe & de la vertu ſont ſupérieurs à ceux des ſens, puiſque l'homme ne le goûte jamais mieux que quand s'élevant au-deſſus du corps, il impoſe ſilence à ſes ſenſations & à leurs groſſiers deſirs; il s'efforce d'agir comme s'il n'avoit point de corps, & qu'il fût abſolument indépendant de tous les corps qui l'environnent. Ils ſont plus parfaits que ceux des corps, vérité d'une évidence ſenſible & à la portée de tout le monde. Eſt-il un homme aſſez groſſier pour eſtimer plus quelqu'un de ce qu'il s'abandonne aux plaiſirs des ſens, que s'il ſe livroit à ceux de la ſageſſe & de la vertu.

Ils ſont indépendans du corps, & cette indépendance conſiſte à ne pouvoir être goûtés par le corps, & n'avoir pour objet aucun être corporel.

Si, dans l'état actuel de notre ame qui ſe trouve ici-bas reſſerrée, pour ainſi dire, dans des entraves, cette ſorte d'indépendance paroît troublée par les affections impérieuſes de nos ſens, regardons cette épreuve comme une promesse de l'indépendance plus parfaite qu'elle doit lui acquérir un jour ; elle y prépare notre ame, elle lui en montre non-seulement la possibilité, mais même la vraisemblance : c'est une espece d'aurore qui annonce & fait desirer un beau jour.

Le Créateur n'a pas voulu que ce monde eût trop de charmes pour nous ; en bon pere qui veut nous attirer à lui, il a eu l'attention de mêler nos plaisirs & nos satisfactions de peines & de disgraces ; il a voulu nous rendre la vie assez agréable pour nous en faire parcourir la carriere sans avoir à nous révolter contre les désagrémens qui s'y trouvent. Ce mélange de biens & de maux étoit le seul moyen que sa sagesse divine pouvoit employer dans la construction de notre existence, pour ne nous faire tenir à celle de notre vie, qu'autant qu'il convient à sa durée passagere, sans avoir trop d'amour, ou trop peu d'attachement pour elle.

Heureux mélange des biens & des maux de cette vie.

C'est donc injustement qu'on cherche à nous représenter l'homme comme l'être le plus malheureux de la nature, & sa vie comme un fardeau accablant sous le poids duquel son courage doit succomber.

Créatures, faites pour jouir & pour combat

tre à la fois, il nous a fallu des peines & des plaifirs, notre auteur a pourvû à tout. En donnant à l'homme la liberté de mériter & de démériter, il l'a rendu l'objet de fa bonté & de fa juftice ; & par les chemins du plaifir même, il lui trace ceux qui conduifent à fa miféricorde, pour notre bonheur éternel.

Oui le plaifir feul eft le pere
Qui, du méchant & de l'homme de bien,
Fait naître par fon doux lien,
Ainfi que les vertus, les crimes fur la terre,
L'homme lui foûrit au berceau,
Dès qu'il eft né fon cœur lui rend les armes,
Et toujours épris de fes eharmes,
Il les regrette au bord de fon tombeau.
Par-tout on entend la nature
Nous répéter à haute voix :
Fais toi d'une volupté fûre,
Un fage & légitime choix ;
Jouis de toutes mes richeffes,
Contente tes fenfations,
Ufe à ton gré de toutes mes largeffes,
Sans abufer de mes profufions ;
Je t'ouvre une main libérale
De la part de ton Créateur :
Mais il prétend que les biens que j'étale
Ne fervent qu'à t'en faire aimer l'auteur.
Dans cette douce jouiffance

Souviens-toi d'agir fobrement,
Au plaifir ménagé de tout attachement,
Joins encore le plaifir de la reconnoiffance.
Que la joie entre dans ton cœur,
Par les facultés de ton ame,
Conferve pour le bien une agiflante ardeur,
Et qu'au feu du bonheur tout ton être s'enflamme.

FIN.

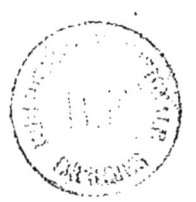

www.ingramcontent.com/pod-product-compliance
Lightning Source LLC
Chambersburg PA
CBHW060807250626
47162CB00005B/1696